三民叢刊210

情悟，天地寬

張純瑛　著

三民書局　印行

當中華女兒做了美國媽媽

——讀張純瑛的文集《情悟，天地寬》

余光中

四年以前，我把為人所寫的序言收集起來，印成專書，題名《井然有序》，以為此生所結的「序緣」，不，所欠的「序債」，從此就償清了。不料惡性循環，竟令世人誤會，此人擅長寫序，至少性好寫序。於是擱下了自己的正事，重操閒筆，又為別人的新書寫了好幾篇序言。

寫序總是應邀，可稱「被動文學」，在文學評論上只能算一種變體。為這本《情悟，天地寬》寫序，當然也是應邀，不過這一次和以往不同，因為來邀者素不相識，可以說是文壇的新人。因此她在信裡附來了幾篇樣品，顯然都是方塊文章。展讀之餘，頓感作者思路清晰，筆力明快，便欣然回信答應了。這已是八個月前的事。

從這些文章裡，看得出作者是一位「在臺灣生長的四十歲左右中年人」，當初畢業於臺大外文系，來美後改習電腦，但仍醉心於文學與音樂，愛好旅行，關懷環保；家居在華府郊區的馬里蘭州，有一子一女，因此分外注意青少年的教育。

《情悟，天地寬》共收五十八篇作品，分為四輯，份量不輕。我沒有讀到作者自己的後記，不知道分輯的原則是按主題或僅按時序。若是按主題分輯，則第一輯顯而易見是析論夫妻之道，對新女性主義提出折衷與修正。第二輯於中年自處之道外，更論及音樂、風水、復仇，甚至珍珠港事件，則紛然雜陳，不拘一格。第三輯所涉亦雜，卻以論子女教育的幾篇最為出色。第四輯的主題則半為環保的敬天惜物，半為旅遊的留連風光。

這五十多篇作品大多關注人生的大道，落實於當今的世情，取材的經驗則兼有臺灣的記憶、美國的現況，對臺灣不能忘情，對美國有所取捨，對大陸則頗多遺憾。大致上這是一本雜文集，儘管頗有感性，主旨卻在說理，在批評某些觀念，肯定某些價值。經營美感的段落也並不少見，但作者用心所在仍然是寓理於情，不在唯美。

書中典型的文章多為從小見大，就近喻遠，每每從一個事件、一樁個案、一則新聞切入，幾經峰迴路轉，旁敲側擊，特例歸納為原理，感性提鍊為知性，結論便出來了。

第一輯中的〈溫馨牽手情〉是一篇上佳之作。文章從布希夫人向柯林頓夫人坦然伸出友情之手入題，肯定芭芭拉誠以待人的無我，舉手之勞便化解了希拉蕊機關算盡的唯我。接著蒙太奇的疊像變成了兩小無猜的天真牽手，再變而成夫妻一世的執子之手，終於葉落歸根、水流從頭，回到兒時小手被牽於大手，因而省悟：大手已老，小手已壯，該輪到壯手牽老手了。

第二輯的佳作首推〈教坊猶奏別離歌〉。此文由李後主〈破陣子〉破題，從「最是倉皇辭廟日，教坊猶奏別離歌，揮淚對宮娥」的亡國之痛，引到《鐵達尼號》以〈奧費厄斯冥府行〉為別離歌的沉船之悲，而讚美音樂清滌悲情的力量，接得天衣渾然。另一篇該提〈新年快樂〉，因為作者舉出許多實例，印證中國人過年一心只想發財，有多俗氣，遠不如西方祝人過年快樂那麼圓融通達，富於形而上的深意。

〈挫折學〉與〈見劣思齊〉是第三輯中的兩篇上品。〈挫折學〉指出以前中國孩子是給「苦」大的，不像今日美國孩子是給「捧」大的，但作者擔心：「一個從小聽不見否定句成長的孩子，我很懷疑彼等一旦置身成人世界，如何坦然接受碰壁？」〈見劣思齊〉把〈挫折學〉的論點發揮得更加慷慨激昂，簡直雄辯滔滔，沛然莫禦。作者指出，在美國要求孩子見賢思齊，是抹煞孩子的個性，傷害他們的自尊；不過美國孩子不甘忍受父母見賢思齊的壓力，卻不敢不接受其他孩子的「同輩壓力」，結果是見賢不甘思齊，怕委曲了自己的個性，見劣卻要學樣，倒甘心與俗浮沉了。這是中華女兒做了美國媽媽的一腔鬱卒，在張純瑛的筆下邏輯飽滿，文氣如潮，噴發得十分盡致。單看題目〈見劣思齊〉，便感其反諷的鋒芒了。

〈第一何價〉是書中較長的一篇，也是就近喻遠，從身邊的趣事說到普遍的道理：這次說的是凡事必爭第一的徒勞與虛妄，並就近引臺南女中的高材生因未考第一而自殺為例，來否定「不要讓子女輸在起跑點上」之謬。此文旁徵博引，氣勢不凡，從小學校門懸掛的格言「童年之途不為賽跑」，一路引述到梁漱溟、熊十力的自負，林語堂、魯迅的寬狹，格局之高曠宏遠，全無閨秀之氣。

人情練達，風格豪爽，筆法明快，是張純瑛佳作的特色。她的豪爽帶一點俠氣、帥氣，有時逆流揮筆，一女諤諤，會來段翻案的文章。在〈孤影何須自憐〉裡，她從李清照說到張愛玲，為上海才女的「孤芳自閉」辯護：「能夠於孤獨中品出甘味的人最幸福。他們不須靠別人的笑語點亮生活，也毋庸藉眾人的掌聲尋得尊嚴；不做任何人的奴隸，才是自己的主人。是故，張愛玲的獨身向晚，家徒四壁，骨灰灑入大海，其實是這位飽讀《紅樓夢》的才女對塵世的一種清明觀照。何憐之有？」

在〈翻出如來掌心〉裡，張純瑛於支持婦運之餘，仍然直率指出：「婦運將女性從深閨大院釋放，拋頭露面數十年，事業上縱橫揮灑的某些新女性，一鑽入情愛的牛角尖，竟無迴旋空間，不惜玉石俱焚。」在同一文中她又語出驚人：「婦女運動蓬勃興發數十年，女性鎮日喳喳呼呼，打擊男性沙文主義拳拳到肉，到頭來還是無法百分之百地獨立；而狀似愚訥的男士們，平日對於婦運分子的頻頻出招，看似被動又不甘心地接招拆招，卻在無形中練成『大內』身手，做起內務的井然有序還真不讓婦人專美呢。換言之，新女性主義數十年奮鬥下來，真正改造成功，可以沒有另一半仍然存活下去的，竟是男性！」

在柯林頓緋聞事件中，希拉蕊內外俱傷，卻被迫以外強掩飾中乾，頗得世人讚賞。張純瑛卻為她鳴冤：「對於才華耀世，德行無虧妻責的希拉蕊，何忍強求她人前強顏歡笑，擺出『太上忘情』的身段？幾千年來，女人為男人的荒淫背罪，固然不多此一樁；只是，在貞節牌坊漸入歷史湮塵的今天，吾人又何必豎立另類貞節牌坊？」

張純瑛的評論頗有膽識，因為她人情練達，洞悉世故。她的做人態度是提得起、放得下、看得開：頗能兼顧儒家的擔當、道家的豁達，所以文章有豪爽之氣。不過熱心勸世，有時不免近於勵志。如果她要超越雜文家的規模而臻於散文家的境界，也許就不能自限於明快一途，而應再追求宏美、高妙。

但就雜文而言，明快仍不失為一大美德。風格若求豪爽，筆法必先明快。張純瑛練達的人情世故，是方塊文章最大的本錢，但若要求筆法明快，我倒願意指陳得失。

文章要讀來明快，基本的條件在於用字簡潔、句法流暢、文意妥貼。

用字簡潔，就要避免多餘的重複。例如「海頓清楚明白，莫札特的資質乃是史所罕見」一句，「清楚」即「明白」，擇一便可，「是、史」音重，可刪去「是」，甚至也刪去「乃」。結果省去四字，縮為「海頓清楚，莫札特的資質史所罕見」，就簡潔了。又如「人際間」一語，書中屢用，原也無妨。但是「際」就是「間」，所以只說「人際」即可。

「人際間」句短，還不打緊，但如〈將缺憾歸諸於緣〉就嫌長了。「諸」與「於」都是文言之介詞，不宜並用；再加上一個「將」字，句法就太亂了。曾見一篇文章題為「使夫妻和睦之道」，「使」字不但多餘，而且一個突兀的單字，攪亂了後面六字的偶數組合。同樣地，〈將缺憾歸諸於緣〉可以理順，改成〈缺憾歸之於緣〉或者〈缺憾歸於緣份〉。

如果句子更長，要注意的就不止於簡潔，而是流暢了。例如下面這句：「平常聽到『你是罪人』之類的街頭傳教語就避之唯恐不及的我，聽到這裡竟然如生根似地無法移動，心內漲滿了感動。」主詞是「我」，卻縮入句中，頭上壓了長達二十四個字的形容子句，讀來一氣難斷，節奏急促而又緊張，文法雖然沒錯，句法卻欠穩妥。這完全是次序的問題，只須將主詞「我」移向句前，就可解決：「我平常聽到『你是罪人』之類的街頭傳教，就避之唯恐不及，但聽到這裡竟然生根似地無法移動……」另一選擇則是「平常聽到『你是罪人』之類的街頭傳教，我就避之唯恐不及，但聽到這裡竟如生根，無法移動……」

不知《情悟，天地寬》的作者，認為我說得有無道理？

二〇〇〇年七月二十一日於康州威士頓

才氣與努力

數年前在《世界日報》副刊上，第一次看到純瑛的作品，深覺文筆流暢又言之有物，字裡行間充滿了她閃爍的才華，以後看到她的名字時就特別注意，每一次讀後都滿心歡喜，深感文壇有新秀，不僅有才華，而且也肯用心在文學的園地耕耘。

純瑛的筆接觸面很廣，她談音樂，旅遊，文學與時事，從文字中也不難看到她用心努力的一面，才氣固然可貴，但是可遇不可求。努力卻是不論任何一行，都是必備的條件。尤其在寫作這一行業中，興趣雖是不可少的因素，但是用功讀書卻是必須具備的條件。坐得住也忍得住寂寞，說來不難，但是日久天長若是對讀書寫作沒興趣，也就後續無力了。

純瑛能文能武，也能詠詩誦樂。正是除了才氣，也肯用心的作者，尤其是創作的時間是在全職的工作之餘，若非喜愛文學，就不會工作之餘在燈下挑燈夜戰了。

談旅遊〈雅哉，布拉格〉，看似旅遊文字，讀後才知作者對音樂與歷史之熟悉，她若非用功，附之於文章內容就不會如此深厚有力。尤其是她對音樂大師莫札特之喜愛，可以從她信手拈來對莫札特之描繪可以看到，譬如莫札特精心創作的歌劇——《費加洛婚禮》在維也納受到小人排斥，在布拉格卻大受歡迎，而以崇拜之心禮遇大師。寫景而有人文，從人文歷史中，也帶領讀者走入布拉格的風土人文，看到了這特具風格的城市風情。

作者重情但不外露，在〈解語何妨話片時〉一文，從契珂夫在小說《悼念》一文中所描繪的馬車夫艾歐納的悲哀：「假設他的心裂開，傷痛泉湧而出，足以氾濫整個地球，可是沒有人見到這點。傷痛努力地掩藏在一個微賤的軀殼裡，即使大白天又擎著火炬，也無人見及。」從這種刻骨銘心的寂寞中，談到知己何在的悲哀，在一個以個人主義維護隱私的社會中，引起作者的內心深刻感受，她在最後一段中點出了真言：「若有能夠分享解悶的三兩好友，世路的顛簸崎嶇又何足懼？『莫言舉世無談者，解語何妨話片時。』」作者在文尾用淡淡的筆端，輕輕地點出「能尋到解語伴侶，話片時而鬱壘盡去，才當是世間看似平凡卻不見得人人都能有的最大福氣」。文筆看似輕微，讀後卻令人沈思低迴。

同樣在〈情悟，天地寬〉、〈說調情〉文中，談到情緒的克制，作者試圖借重文學與音樂來轉化提昇內在的情操，並在〈說調情〉文末建議：「……與其要求情緒商數低者一味克制忍耐，不如教導如何開闢渠道疏解憤鬱的情緒。渠道可以是哲學的修養，宗教的慰藉，文學的浸淫，朋友的扶持，運動的發洩，更可以是趣好的追逐，是軟是硬，是深抑淺，則端視個人的造化了。」文中多處舉例詩人與音樂家之詩詞樂章，作者若非用功，讀者恐難有福分享到她讀書賞樂的心得。

〈教坊猶奏別離歌〉，從詩詞中引出電影《鐵達尼號》船沈前的樂隊演奏，進而談到面對死亡時的心境，作者由此引出她對音樂的喜愛，「所有藝術形式中，沒有比音樂更能美化死亡」。

主修英國文學，來美後又專習電腦的作者，顯然對文學音樂的喜愛勝過電腦專業，她在全書數十篇章中，處處流露出她在文學上的功力，在音樂上的鍾情。她談時論政，處處顯出她關懷悲憫之心，但是她並沒著筆在她的專業上，也許在工作與嗜好中，她悠遊自在，借筆抒懷，也舒解工作壓力。

希望續她的第一本書——《情悟，天地寬》之後，還有更多的創作，不斷問世，帶給愛讀她作品的讀者，閱讀之樂，也帶給文壇欣欣向榮的朝氣。

情悟，天地寬

目次

輯一

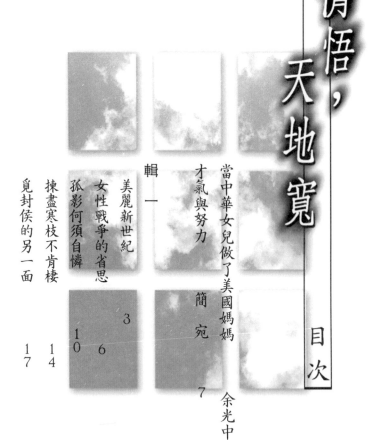

輯二

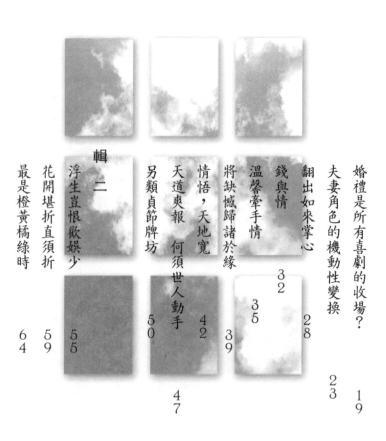

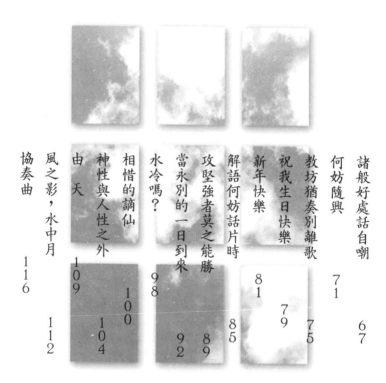

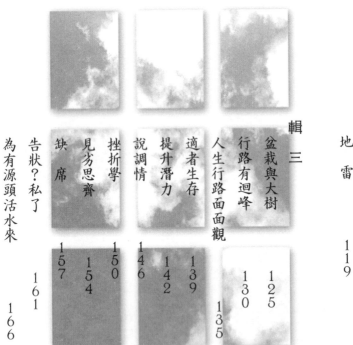

輯四

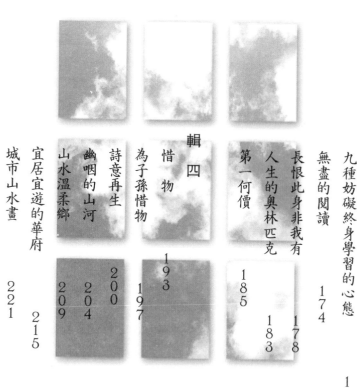

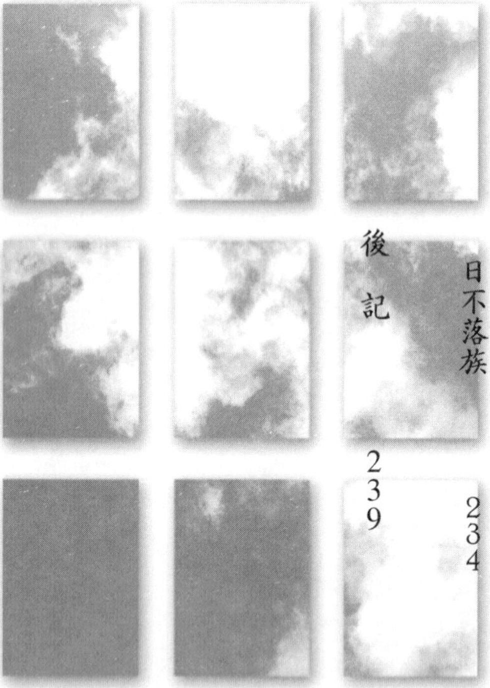

輯一

美麗新世紀

二十世紀行將結束，回顧百年青史紅塵，女權運動的崛起興茂，不但是本世紀文明的最大成就，也是人類數千年歷史的顛撲突破。

男女天生體格懸殊差異，是父權社會之肇因。人類早期的生活方式，無論漁獵、農耕，皆需要強壯耐久的體魄方能換得溫飽。男性自然成為養家餬口者，男尊女卑於焉形成。爾後數千年，文明演進不息，早已脫離茹毛飲血的穴居形態，建立典章繁複的精緻邦國，勞心者成為統治階層，女子智慧既不遜男性，原堪與男性分庭抗禮。只是，慣於居高臨下俯視的大男人們，怎捨得放棄優渥，以尊禮對待小女子？「女子無才便是德」的壓抑，「三從四德」的羈絆，乃是寰宇之下共有的現象。試看美國一七七六年起草的「獨立宣言」何等冠冕堂皇，揭櫫「生而平等」的天賦人權觀，美國女子卻經艱苦冗長的多年奮鬥，方於一九二〇年藉著憲法第十九條修正案的通過取得投票權。此乃一端，中外歷史上女子因教育、就業、擇偶等權利不彰，經濟仰人鼻息，社會地位低落的血淚斑斑，更是罄竹難書。

中山先生說的好，人權非由天賦，而是爭取方得。女權正是如此。美國女權運動者從早期的蘇珊・安東妮，到今日猶奔走呼籲，席不暇暖的「全國婦女組織」(NOW)諸成員；爭取的權益自擁有財產、投票、平等就業、反性騷擾，到反家庭暴力，鉅細靡遺，數十年間掀起一波又一波的社會省思，雖然爭論不斷，阻力有之，卻也具體改善了婦女的處境。由此想到第三世界的許多國家，父權思想猶負嵎頑抗，女子依然受盡歧視排斥，長夜漫漫，唯有女子清醒自救，方得脫離苦海。

然而，女權運動的蓬勃激進，屢向傳統價值觀挑戰，卻也使保守人士忐忑不安，視為異端邪說。譬如說，美國女權運動者主張女性可選擇墮胎，同性戀不該受到歧視，女子甚至有裸露上身的自由，聽在宗教基本教義派耳中不啻驚世駭俗，於是起而攻之，造成女權運動的小挫。

女權在臺灣也遭到毀譽參半的評價。女權之「權」，本指權利(Right)、權益；偏偏中文「權」字又含權力(Power)、權術、權謀等負面意義，有人因而憂懼男性主宰的「父權」社稷，經婦女革命，變質為女性掌控的「女權」世界，男性將備受壓迫。是故，每有人將現代社會的亂象，如：離婚率高漲、單親家庭日多、青少年犯罪猖狂，一古腦地算到女權運動帳上。不錯，拜女權提高之賜，新女性教育、就業機會與男性平等，有獨立存活能力，不再像舊社會女子一意委屈求全，家庭凝固力今不如昔。然而，與其單方面責備女性不夠賢淑忍讓，不如平衡探討兩性對大勢所趨的認知是否跟得上時代。現代的美滿家庭，不一定「男主外，女主內」，重要的是夫妻雙方是否能分工合作，彼此扶持。妻子賺的錢不妨比丈夫多，丈夫燒的菜也可以比妻子滋美，拋卻孰尊孰卑的心態，家庭何來紛爭？

二十世紀多少運動、主義風起雲湧，終歸塵埃落盡，春夢無痕。唯有女權運動方興未艾，後勁淩厲。只是，數千年桎梏豈一朝可卸？迄今女性受盡壓迫歧視的地區依然苦海無邊。即使是日本這般西化的國家，女性在就業市場上猶是二等公民。女權普及國家又有家庭暴力、育兒與事業難兼等問題，都待女性去苦戰。然而不可否認，女權昂揚之處，各行各業皆見群芳競秀，不讓鬚眉。從政壇風水輪轉即可見女性出頭的大勢走向。一九九二年柯林頓入主白宮，夫人希拉蕊在事業上的獨當一面為歷任第一夫人之僅見。今年當選英國首相的布萊爾，夫人雪莉的律師事業一樣出色，因此揚言不會在住進唐寧街後放棄事業，做社交場合的花瓶，至於布萊爾前二任的柴契爾夫人，以及各國政壇女子參政熱潮，正說明了「女子頭頂半片天」紀元的啟幕。二十一世紀將予女性更寬闊的揮灑空間，男性也將有更圓熟的認知調適。身為人口之半的女性，一旦將荒棄數千年的才情、智慧恣意釋放，人類文明必奔騰飛躍，日行千里。何況，女人一般而言較擅溝通，恨戰爭，未來女子當政，或許能改變殺戮不斷的人類史。讓我們拭目以待美麗的新世紀。

女性戰爭的省思

八月五日，北卡格林博羅法院陪審團判決瑪姬應予桃樂賽一百萬元，做為奪人之夫的賠償。瑪姬以第三者身分破壞桃樂賽的婚姻，固然罪有應得，奇怪的是，成為棄婦的桃樂賽回顧婚姻破碎的噩夢，一丁點也沒有怪罪其夫，認為完全是瑪姬主動追求之過。而在世界另一頭的臺灣，兩個名女人也正為情人公開爭風吃醋，雙雙落得灰頭土臉，反倒是居中的男子，贏得一片豔羨。兩個女人皆是島上婦運、民權先鋒，一人早年更以聳動驚世的女權小說脫穎文壇，觀其行徑，與舊日深宮大院中為爭寵而撕破臉的后、妃、妻、妾又何異？女性主義走到這一步，實在不能不令人起深思。

十九世紀的浪漫詩人拜倫在長詩〈唐璜〉裡有句名言：「愛情是男人的身外之物，卻是女人的全部生命。」其實此話對於依附男人而生的舊日女子應該如是說：「婚姻是男人生命的一部分，女人的全部。」婚姻經歲月磨蝕，情愛日趨稀淡，所以守著名分，求取的無非是一份生活在軌道上的踏實感。尤其那些沒有生存能力，仰望良人而終身的舊式婦女，婚姻也好，良人也罷，都不過是生活的一層瓦、一口飯。張愛玲在《半生緣》裡將舊式婦女的此種心態描繪得淋漓盡致：「他母親平時一說起他父親，總是用一種冷酷的口吻，提起他的病與死的可能，她也很冷靜，笑嘻嘻的說：『我也不愁別的，他家裡一點東西也不留，將來我們這日子怎麼過啊！要不為這個，他馬上死了我也沒什麼。反正一年到頭也看不見他的人，還不如死了呢。』」婚姻沈淪到求生的層次，為了飽暖，不得不忍氣吞聲，是男性刻意製造的局面，也是舊日女子的悲哀。深宮裡的后、妃，大院中的妻、妾，縱然一時衣錦食玉，為了生死存亡，也不得不勾心鬥角，其行可鄙，其情則可憫。

女性主義所爭取的，無非是女子自立的一份能耐。甩掉裹腳布，上學堂識字，出社會工作，今日女性頭頂的天空何其高遠，腳踩的土地何其廣袤，視野既寬，胸襟當闊，婚姻、男人都不過是生命的一部分，何必為其斤斤計較到與另一個女人披髮扭打的局面？前幾年一個臺商將大陸娶得的二奶藏嬌於美國，引起元配妒恨，自臺來美將二奶亂刀刺死，自己則終身繫囹圄。人們常將女性主義稱之為「兩性戰爭」——男性與女性的權利和鬥爭。事實上，女性腹背受敵，不但在男人構築的數千年銅牆鐵壁堡壘中衝鋒陷陣，擴展疆域，也要分神應付背後自家陣營的窩裡反。且看上述的三則三角戀情，女人彼此恨得妳死我活，卻無片語隻字責備居中的男性，而他們，正是罪魁禍首。

正如一首國語流行歌曲所言，「女人何必為難女人？」這種喟嘆並非始於今日。班昭的〈女誡〉，嚴格要求婦女遵從禮教。現代的許多女性婚姻專家，也將婚外情歸咎於受害的妻子，曾經聽一女士說：「每一樁丈夫感情出軌的案件，妻子都有不能推卸的責任。」於是乎，情感受傷的妻子，還得背上妝扮不靚、持家不力、沒有長進、不夠溫柔、甚至事業太出色等罪名，至於為夫者本身是否完美，是否有定力與對家庭的責任感，是否善待妻子，皆不見提及。專家言論上的偏頗，使得外遇師出有名——對妻子缺陷的懲罰，遂縱容男性輕易出軌，甚至以訴苦來取得第三者的愛與同情。然而在多數情況下，男子外遇只是貪一時之快，並非妻子有不堪忍受的惡行。可嘆昔人以「善妒」者可休之來恐嚇妻子，今天的某些女性專家仍以「檢討改進自身，忍耐待其回頭」來告誡妻子，難怪女權蓬勃興茂，部分男人猶像千年長不大的彼德潘，恣意穿梭飛翔於花間柳林，罔顧對妻兒的傷害。

另一種女性間的爭戰，是家庭主婦與職業婦女兩個陣營的對立叫囂。前者指責後者自私自利，將個人事業置於家庭之上；後者則嘲笑前者坐井觀天，缺乏成就。希拉蕊・柯林頓的女強人形象飽受攻擊時，曾憤道不如留在家中烘餅乾算了。相比之下，一輩子沒自己掙過一毛錢的芭芭拉・布希就顯得寬厚睿智多了。她去衛斯理女子大學演講，臺下多的是看不起這個舊式婦女的新女性，老媽媽竟然對她們的杯葛不以為忤，笑道：「將來有一天，妳們中也會有人像我一樣站在這個臺上演講，而她的配偶以『第一先生』的身分於臺下聆聽。」芭芭拉的欣賞包容，正是現代婦女，無論是家庭主婦或職業婦女，當有的胸襟。因為女性主義所追求的，無非是女性自由揀擇安身立命的權利。

女性心思縝密、注重細節、講究人際關係，這些都是男人不及的優點。然而數千年處於深宅大院，天地狹隘，心思只有專注於人情往來的錙銖必較上。自古女性慣於抓對廝殺，婆媳、妯娌、街坊……雖非兵刃相見，血流成渠，但嘲諷、流言、訛傳，亦能殺人於無形。看《紅樓夢》常替王熙鳳惋惜，這樣一個精強幹練，反應敏銳的女子，在現代的商場、政界、演藝圈，必可呼風喚雨，開天闢地，何致終日防著貪腥的丈夫，枉將聰明才智耗費於算計情婦上。從前女子小眉小眼，尚可怪罪到男性刻意窄化、矮化女性的圈子；而在女性主義釋放女性後，登高卻不能望遠，視線猶自徘徊於周遭瑣事，這般自我逼仄，何日方能闢創男人的恢宏浩蕩格局？

孤影何須自憐

朋友批評張愛玲，說她晚年自我封閉，以致孤獨以終，頗有作繭自縛之意。我不免為張愛玲叫屈。朋友家庭美滿，又不熟悉張愛玲生平，率爾置評正是「飽人不知餓人饑」。誰不希望在天倫環繞下走完人生？張愛玲晚境孑然，豈在年少的藍圖規劃中？

張愛玲兩度結褵。第一次嫁給胡蘭成，此人用情不忠，不獨對國家、對妻子亦然。短促三載，兩人聚少離多，胡蘭成兼且外遇不斷，從二十來歲的小姑娘到風韻猶存的半老徐娘，老嫩通吃。張愛玲離開胡時，心上盡是傷痕累累。

一九五六年與美國作家賴雅結婚，二嫁帶給張愛玲的是另一種苦難。賴雅既無恆產，年紀又老大，先前已中風數次，都瞞著張愛玲。婚後又數度發病。十一年婚姻幾乎在體力與經濟上拖垮張愛玲。據說她曾經懷孕，因為賴雅堅持而予墮胎。

對於兩任丈夫，張愛玲無論是金錢或感情，付出與回收的比例都懸殊得教人心酸。張愛玲雖然受欺於胡蘭成，分手時顧念他的漢奸逃亡困境，還送了時幣三十萬元。俠心義腸竟換得晚年的獨身無依，吾人怎生苛責？賴雅逝後，張愛玲不再尋覓人生伴侶，孤獨中何嘗沒有閒雲野鶴的逍遙。其實，以其作品在兩岸三地，甚至海外華人圈的長年炙手可熱，張愛玲大可現身江湖，必有掌聲讚美一路尾隨。然而，她卻選擇孤芳自賞，不無洞明人情世態的曠達。冰雪聰明的才女，太瞭解謗隨譽生的殘酷，在〈我看蘇青〉一文裡，她說：「整個社會到蘇青那裡去取暖，擁上前來，撲出一陣陣的冷風。」觀諸現實，外間無所不用其極地挖掘其早年作品及隱私，張的離群索居或許是降低傷害的最後一策。

我想起中國文學史上另一位曠世才女。李清照喪偶後，晚年所作俱是字字血淚，一首〈如夢令〉：「誰伴明月獨坐？我共影兒兩個。燈盡欲眠時，影也把人拋躲。無那，無那，好個悽惶的我！」道盡長夜如年的寂寞。有人誣衊李清照再嫁，視為操守瑕疵。才女果真能繼趙明誠後覓得知心伴侶，世人應本愛才心額手稱慶方是。只是，傳聞中的再嫁張汝舟以仳離收場，李清照終究落得孑然一身。

孤獨乃是人類的無奈宿命，何止才女獨有？《紅樓夢》勾勒賈府上下百餘人的鐘鳴鼎食，宛若一座小王國。王國的光華所在，自然是眾人簇擁下的老祖宗——賈母。但是第七十六回說：「黛玉見賈府中許多人賞月，賈母猶嫌人少……」於是和同是孤兒的湘雲互相開慰。以賈母與寶玉的尊寵，偏生最怕盛筵散後的空冷，卻無法扭轉命運的無情。賈母孤身上路時，賈府家道已然中落，喪事辦得因陋就簡。而寶玉辭卻群芳，飄然遠逸，竟於青燈古佛旁了度餘生。從大觀園的繁華落盡移目到如今普遍的老人獨住現象，對於時下孝道的磽薄也就不致太心涼悚慄。〈好了歌〉不是說：「癡心父母古來多，孝順子孫誰見了？」

不過，個人權利的伸張、大家庭的瓦解、生活步調的緊迫，今人確比古人活得獨立而孤絕，未必盡是社會負面景觀，女子的終身未嫁即是一例。飽受公婆、妯娌閒氣，一生沒有個人天空的舊社會女子，不見得比今天經濟上獨立、接觸面寬廣的單身女子快樂。這並不是鼓勵揚棄婚姻，而是於男婚女嫁的框架外，再提供人生的另一層空間。如果，沒有遇到合拍的另一半；如果，畢生志業不適合家累的羈絆；如果，性向脾氣不能營造相容的家庭；如果，……選擇孤獨或許對人對己都是更負責任的決定。因此，在張愛玲的晚年書簡、作品裡，吾人讀不到李清照「守著窗兒，獨自怎生得黑？」的悽惶無奈，這是時代前進的又一痕路。

時勢所趨，舊日三代同堂的濟濟盛況漸入歷史煙塵，一個人無論嫁娶生養與否，日後都大有可能孑然終老。如何浸淫於孤獨中而優游自得，當是人人必須及早思考的課題。曾經分別與三個單身朋友聊到如何排遣孤獨。第一個朋友娘家與夫家都極富裕，離婚後將一雙子女留給婆婆，每天不需工作，只是逛街、打牌，這既美且富的少奶奶竟對人說：「我是在吃喝等死。」另一位年輕時裙下臣絡繹不絕，眼高氣盛到今天仍舊未婚的朋友，就怕週末與假日不用上班，面對一室冷清只覺長日無盡；唯有第三個單身朋友最會享受獨身的優點，公餘不是聽演講、音樂會，就是看戲、賞畫。有一次她提到臺灣友人寄來書一本、茶一罐與音樂帶一卷，令她極為感動，多體貼的知己！朋友正是樂聲悠揚，茶香飄逸裡，展卷可以終日的雅人。前述兩位朋友唯有寄身人群往來中方得忘憂遣興，然而，誰有空閒天天陪著聊逛吃玩？一旦落單即惶惶不知所措。何況，整日形影不離，必有摩擦、是非產生，膩友日久必成陌路。此所以孔子痛斥「群居終日，言不及義」的無謂。出可交遊同好，歸則讀書、寫作、彈琴、繪畫、練字、塑陶，怡然自得，才是平衡豐美、進退有節的理想人生。

選擇孤獨，也是惡勢力當前的風骨不屈。中共建政後，文人始則邀寵表態，繼而批他人以自保，近年復紛紛以受害人姿態博取同情。群丑亂舞中，只有沈從文一逕沈默，故紙堆中寧靜致遠。如獨傲寒雪的蠟梅，兀自吐露清芬。西方人則將螳臂擋車的王維林列入本世紀最有影響力的少數人士榜單中。王維林一介布衣，功不蓋世，然而離群躍出，雖千萬人吾往矣的單薄身影，正是滔滔亂世，濁浪排空下最需要的勇氣象徵。

能夠於孤獨中品出甘味的人最幸福。他們不須靠別人的笑語點亮生活，也毋庸藉眾人的掌聲尋得尊嚴；不做任何人的奴隸，才是自己的主人。是故，張愛玲的獨身向晚，家徒四壁，骨灰灑入大海，其實是這位飽讀《紅樓夢》的才女對塵世的一種清明觀照。何憐之有？

揀盡寒枝不肯棲

昔日父權社會，以教育、就業上的種種歧視排斥，將婦女才能、信心壓抑到最低點，無非是造成妻子「良人者，所仰望而終生也」的侏儒心態，好讓夫婿獨斷獨行。

然而，天生異質難自棄，才華璀璨的女子，不時衝破層層障蔽，鋒芒大露。正如夜明珠置於暗室，依然光采奪目。只是，在男尊女卑的社會，何處去尋覓包容陪襯的錦匣？趙明誠對於妻子李清照過人的靈慧到底意難平，否則怎會將自己與妻子的詞作混合，求取他人評價？以趙、李的恩愛彌篤，猶是這般的爭勝好強，則婚姻道上抑鬱寡歡的朱淑真、吳藻……甚至終身未嫁的勃朗蒂姐妹、愛茉莉・狄金蓀，才女們揀盡寒枝不肯棲的落寞就更令人扼腕了。

今天，婦女在教育與就業上幾可與男性平起平坐，能力既不受壓抑，大有機會頭角崢嶸。如果女性仍然抱著「無婚不如己者」的陳年價值觀，必會發現可堪匹配者寥寥可數。難怪當今女子教育程度越高，事業越出色，獨身的比例也就越大。常常聽到影藝圈一些「天后巨星」喟嘆，名利達到極致的代價是婚姻的無著。學術界、商業界、各行各業幾乎都是如此。從優生學與家庭教養的角度來看，這些才學高蹈的女子未能養育下一代實是人類的共同損失；何況，「揀盡寒枝不肯棲，寂寞沙洲冷」，孑然一身終老，畢竟是人生的一個缺憾。

現代女性知識精英齊大非偶的情形，不能單方面怪罪女性。且看美國有所謂「郵購新娘」，透過媒妁機構，白人男子自亞洲、俄羅斯「進口」新娘；臺、港某些男子則愛去越南、中國大陸等生活檔次較低的地區尋找教育程度不高的女性為妻。所以放著本地大量優秀而又有相同文化、社會背景的女性不顧，卻千里迢迢去尋求差別性更大的異國他鄉女子為伴，無非是「男尊女卑」的傳統思想作祟。其間未能掌控的未知因素，雙方語言、文化的困難調適，與經營一個兩性平等，甚或妻子成就高於丈夫的婚姻，孰難孰易，得失取捨，端視個人心態。

蒲松齡在《聊齋誌異》裡杜撰一則傳奇：某生庸碌，屢試不第。於是由他資質敏銳的妻子顏氏喬裝為男性應考，居然高中，且宦跡十年。李汝珍在《鏡花緣》中敘述的女兒國，則是一個「男主內，女主外」的女權社會。曹雪芹自信「念及當日所有之女子，一一細考較去，覺其行止見識皆出我之上；我堂堂鬚眉，誠不若彼裙釵。」遂創造出諸芳睥睨群雄的《紅樓夢》。今人若還執著於「男尊女卑」的婚姻觀，胸懷、視野豈不遠遜於上述三位清朝舊社會的男子？其實，婚姻不是競賽，而是扶持；不是相爭，而是互補。事業出色的妻子可以分挑養家的重擔，家事了得的丈夫也可以營造家庭的和諧有序。柯林頓若無希拉蕊的一旁襄助，未必能爬上總統寶座；柴契爾夫人若無丈夫的背後支持，怎能享受家庭的溫暖氛圍？重要的是，夫妻雙方不存主、從之分、沒有驕矜、卑讓心態，體認人皆有長、短處，擷彼之長補我之短，共締圓滿家庭，方是時代男女的新認知。

覓封侯的另一面

八月二十日讀到轉載自《家庭與婦女》的一篇文章：〈悔教夫婿覓封侯〉，大意是說，一個功利薰心的妻子，可能加諸於家人沈重的壓力，甚而導致家庭崩潰。作者在文章結尾如是說：「競爭原本是進步的本質，人的本質原也是求上進的。事業和金錢，原本是人性中所嚮往的。只是，站在女人的立場，大力追求之餘，往往連帶地失去生活的樂趣、健康、感情、愛情與恩情。建議女人們在這個已經功利的社會裡，不要火上加油，督促身邊的人汲汲於『現代封侯』，免得將來有一天，坐在鋼筋水泥的華廈裡，才來感嘆『悔教夫婿覓封侯』！」

〈悔〉文提到的事實，在今日社會上倒也不難見到。這類女人，本是好強爭勝之輩，不時拿子女、丈夫與他人相比，對於家人的期望也就難以寬厚了。不過，我們如果仔細想想，功利主義蔚然成風，女人又豈是唯一的推波助瀾者？自古以來，男人對於功名利祿的追逐，遠較女人熱中。拜倫說得好：「愛情是男人的一部份，女人的全部。」的確，在男人的天秤上，事業與家庭兩相比較，往往前者壓過後者。上焉者立德、立言、立功，下焉者求名、求利、求權，相對地，男人貢獻給家庭的時間、精力也就少了，尤其在今天如此競爭激烈的時代，各行各業人才濟濟，要想出人頭地，非比別人花上雙倍、三倍的時間、精力不可。我們認識的幾位美國教授，待在實驗室裡的時間一天遠遠超過八小時，幾乎到了以校為家的地步。這種情形在成功的政治家、醫生、新聞記者、演員等行業中比比可見。

舊日少婦的天地，全繫在丈夫的身上。獨守空幃，瞥見枝頭春色，空虛寂寞可想而知。二十世紀的婦女，許多仍然得面對如此無奈的情況。固然不必效法馬克白夫人為了權力榮耀，教唆丈夫不擇手段去爭取；然而，當我們的另一半為了在事業上更進一步，而減少與家人相處時間時，我們應該調整一下態度。在深閨裡自怨自艾，傷春悲秋，絕不是新時代女子的典範。

如何才是新時代女子的典範呢？如果妻子有能力，也有興趣，更取得丈夫的同意，可以參與丈夫的事業一起奮鬥；如果為妻者認為家庭比事業更重要，就應專心經營家務，使丈夫無後顧之憂。最重要的一點，現代婦女不再受到「女子無才便是德」的纏足，為什麼不在精神領域上海闊天空呢？學語文，求新知，練琴，習畫，打球，唱歌，甚至參加義務工作幫助別人，都是排遣寂寞，充實心靈的良方。如此，即使獨守深閨，也不致覺得韶光虛度了。

婚禮是所有喜劇的收場？

人生每個階段，都有不同的境界，對於同一事物的感受也因而有別。閒時回首，昔日念過的一首小詩，迷過的一本小說，甚至聽過千百回的一支老歌，居然呈現另一種風味。當年懵懵懂懂的，倏然清明如水；當年單單純純的，如今卻朦朦朧朧，非花非霧。人生如行路，端的是柳暗花明之趣。

華倫・比提，娜妲麗・華的《天涯何處無芳草》，曾經讓我們那班初中小鬼如癡如醉。男女主角都是青春閃亮的年紀，俊美如玉正是小女孩們夢中情侶的化身。前些日子在電視上看到此片，覺得二人只能算是清秀；反倒是劇情本身給我很大的震撼。

故事發生在中西部一小鎮。華倫、娜妲麗是一對高中情侶。男孩家境富裕，父親打算送他去外鄉念一流大學，擔心兒子的遠大前程斷送在鄉下女子的愛情裡，便極力反對兩人交往。男孩因而疏淡女友，並且很快與校中另一名風頭頗健的女生出雙入對。女孩遭遇如此打擊，尋死覓活，搞得天翻地覆。一條命雖然揀了回來，人卻進了精神病院。男孩良心自責，終日浸淫酒鄉。後來雖然順從父意到外地念書，卻無心向學，依然流連酒吧。日久與吧中女婢生情而婚，遂返回家鄉。話說女孩在療養院一待就是數載，病情逐漸轉好，還與院友相知相憐，兩人決議出院後擇日完婚。婚禮前夕，女孩回去探望舊時戀人。在廚房後門，華倫的妻子忙著招呼她，一手抱兒，一手炒菜，滿屋子油煙迷漫。此時華倫給從田間叫了回來，穿著粗布工作服，一手拿著工具。見此，女孩心頭多年積壓著的一團沈鉛頓然化成煙，散為雲，遠颺而去。電影在女孩揮手登車，車子漸行漸遠，女孩慢慢泛起的笑意中結束。

童話裡的愛情故事，無論如何迂迴曲折，最後總是以「公主嫁給了王子，從此過著幸福的生活」結束。歷史上最美麗的愛情，卻是有情人硬被拆散。如果茱麗葉排除萬難嫁給了羅密歐，祝英台成了梁夫人，他們後半生的故事又如何發展呢？柴米夫妻，抑或閨房怨偶？拜倫在長詩〈唐璜〉裡說得妙：「婚禮是所有喜劇的收場。」在繁瑣熱鬧的典禮儀式後，在甜美如酒的「洞房花燭夜」後，新婚夫妻鉛華洗盡，面對他們的方是人生的重頭戲。多數人都是漫不經心的編導，不是把一場好戲弄到味同嚼蠟，就是打打鬧鬧，在公堂上結束悲劇。婚前的談情說愛是在與現實隔絕的真空無菌環境裡進行的，脫塵出世，愛情因而出落得欣欣向榮，本質上卻是極柔弱的。結婚後一旦把情愛移入現實生活中，禁不住柴米油鹽一攪拌，品質與味道就變了。扼殺的愛情所以美，在於其未經現實環境的煙薰炭烤就夭折，始終以光彩明麗之色活在人們腦中。好比盛年早逝的巨星，花容月貌長留人思。那些從小生玉女演到老生老旦的演員，給人的感受截然不同。

那麼，貴為王公巨卿，豪門兒女，婚姻既然不受到柴米油鹽一類瑣碎乏味的生活小節汙染，便可長保晶瑩境界嗎？也不盡然！英國皇太子的婚禮是如何的風光富麗，黛安娜飛上枝頭做鳳凰又是何等的戲劇性？可是婚後兩人失和的謠言不斷見報。富豪們結了離，離了結，最後獨身悒鬱以終的例子比比皆是。權力、財勢，往往更容易讓人鄙淺腐化，也更容易傷害到愛情。

我不醉心羅密歐與茱麗葉的執著，也不心儀卓文君與司馬相如的果敢；我心目中的偉大愛侶，他們的真情緜緜不絕於婚禮之後。李清照與趙明誠的愛情，不只是「斜偎寶鴨托香腮，眼波才動被人猜」的活潑嬌憨，也是「莫道不消魂，簾捲西風，人比黃花瘦」的才情輝映，更是相賭猜書，共賞金石的心靈契合。戰亂中顛沛流離，貧困中典當度日，李與趙仍然是神仙美眷。

可是，才情相投並不保證婚姻美滿。多少大學時代的才子佳人，若干年後又見他們賢伉儷，不是男的胖了、俗了，滿口的生財之道；就是女的邋遢了、瑣碎了，開口張家長，閉口李家短，有的甚至鬧到仳離。想想當年的一對璧人怎不教人心生感慨。

那《天涯何處無芳草》中的癡心女孩，重見舊時男友，方始恍然大悟，原來從前尋死覓活，精神病院進進出出，都只是為了一個白馬王子的幻象。而那白馬王子，早已給現實折騰得英氣全失。於是她釋懷了，放放心心地去做她的新娘子。片子的結局，完全是李商隱「此情可待成追憶，只是當時已惘然」的味道。

相愛而得分手的情侶，不要怨天怨地，不要自悲自傷，且將這一串有情感歲月仔細收藏在記憶之篋裡，讓它在回味中長保光鮮。相愛而婚的夫妻，則應該細細維護脆弱的愛苗，它可以由婚前的熾熱變化為婚後的溫和緜遠，卻不當為現實生活裡的貧賤、富貴、威武，所移，所淫，所屈。

我相信，婚禮不只是喜劇的收場，也是喜劇的開場！

夫妻角色的機動性變換

看報章雜誌報導李安導演的家庭，覺得李安夫婦有其特殊之處。第一，李安唸的是電影編導，妻子是微生物碩士，與一般華人家庭男理工女文商的情形相反。第二，在李安開拍首部電影前，有好幾年的時間在家中構思劇本、育兒、整理家務，妻子則外出工作挑起養家擔子。如此一個世俗眼光中反常的家庭，當事人曾經承受何等的壓力，做過哪些心理調適，外人無從得知。不過，李妻無疑是偉大的。有七年的時間，李的父母不與他說話，憤恨他選擇電影做職業；可是他的妻子並沒有嘮嘮叨叨地迫他轉行，她始終相信丈夫的才華有為世人賞識的一日。這一日的到來不足為奇，最令人敬佩的是，從《推手》到《囍宴》，我們看到李安對冷酷現象的溫厚包容。無疑的，多年的懷才不遇並沒有轉化一個年輕人為憤世嫉俗之輩，妻子的愛、諒解與支持，應是其潤滑劑。

在婦解運動如火如荼多年後，女性確在事業上獲得傲人的成就。可是，男女雙方真的從此自傳統「男主外、女主內」的束縛中掙脫嗎？有人說，婦解運動得利的是男人，女人反而比從前辛苦一倍，既要外出工作，回家依然得家事一肩挑。這種情形舉世皆然：從大男人主義的桃太郎一天只花十五分鐘做家事，到美國丈夫的蹺在沙發上作沙發馬鈴薯，看電視、喝啤酒，家事對男人只是玩票性質。其實換一個角度來看，男人在事業上承受的壓力也比妻子大。他們擔心失業後讓太太養，擔心升遷比不上太太，擔心太太賺的錢多，甚至名氣比自己大……女人可以說：「先生收入夠多，我不想出外打拚。」男人好意思說嗎？女人可以為興趣而從事一些收入不高且不穩定的工作，因為先生的收入才是家中支柱，男人有幾個敢如此做？所以，在臺灣、在美國的華人圈，女作家多如雨後春筍，而許多在人文方面有才華的男子卻將心力消耗在枯燥乏味的理工上，許多有潛力在事業上開創一片天的女子，卻被迫在奶瓶與尿布中打轉……。

其實，「男外女內」這種僵硬分工，無異是人類自縛手腳，浪費人才。一流的文學作者、音樂家、藝術家多半是男性，頂尖的大廚、裁縫、美容師、服裝設計家也是男人；反之，女人也出了居禮夫人、吳健雄等優秀科學家，武則天、梅爾夫人、柴契爾夫人等傑出政治人物。人盡其才方是決定男女角色的真正因素。

在家事分工上能打破「男外女內」的舊規，而改為機動性的調適角色，對夫妻的感情和諧更有幫助。所謂機動性的調適角色，就是說誰有空就做家事，而不是說好了你洗碗，即使你正為他事忙得焦頭爛額，我也絕不把碗洗掉。開餐館的朋友告訴我，雖名為老闆，他可是樣樣都得做的打雜。大廚不來了，好！捲起袖子我來。洗碗的生病了，好！我洗。生意忙起來時兼跑堂、帶位、收銀，哪兒有需要哪兒趕去支援。這種精神在其他小型企業的雇主身上也可見到。然而，在經營自己的小家庭時，為什麼人們反而缺少這份熱誠？是不是吃定了配偶不會甩手不幹，而把家事儘量往對方身上推？

無論是報上寫的賢夫、賢婦，或周遭親朋好友，我發現夫妻恩愛的家庭，角色的變換愈活潑不固守舊習。先生可以洗碗、燒飯、帶孩子，太太也可以幫忙剷雪，割草，處理帳單、稅表。最讓我感動的是報上讀到的一位老先生自述，來美後由於老伴、子女白天需外出工作，他就放下在國內遠庖廚的老爺身段，每天下廚為家人烹調營養可口的餐餚。可以想見，這位老先生在異國的晚年歲月不但因此有了寄託，而且也令他的家人享受到溫暖的親情。另外一種家庭，成員囿於老觀念，堅持男人不可做家事，結果把主婦搞得筋疲力竭，勃谿時起，那不做家事的男人不知是佔了便宜還是失了夫妻情。可惜，就是有那麼多的婆婆嚴厲禁止兒子幫媳婦分擔家務，完全無視於媳婦也是上了一天班需要休息。有個朋友要上班，修課，陪兒子做功課，而與她同住的公婆、丈夫還坐著等她燒飯，讓她洗所有的碗。公婆認為媳婦服侍他們是應該的，所以即使他們閒得發慌，也不願替媳婦炒一盤菜，洗一個碗。結果自然是離婚結束了這個家庭。

事實上，男人主動積極地分擔家事，絕對是有百利而無一害。首先，做家事也是一種活絡筋骨、消耗卡路里的運動，對坐了一天辦公桌的上班族是很好的調劑。其次，做家事也使自己不致過分依賴太太，許多男人在長期或短期失去另一半後表現的無法打理日常生活，就是平素對家事不聞不問的結果。第三，也是最重要的，是分擔家事能促進夫妻恩愛、房事和諧。有一說男人都希望妻子「在廚房像個傭婦，上了床像個蕩婦，帶出去則像個貴婦。」理想的太太視場合努力扮好她的不同角色。只是，人的精力畢竟是有限的，當一個女人做完一日繁瑣的家事，尤其是還出外工作，她那裡還有興致與氣力去床上浪蕩？多半頭一碰上枕就跌入沈沈夢鄉去了。反觀那上了一天班原很疲倦，卻自回家後吃飯、看報、看電視，足足休息了好幾個鐘頭，此刻卻是養精蓄銳，準備上床大幹一番的丈夫，與疲累的妻子如何行魚水之歡？丹麥女作家池元蓮在一篇文章中提到丹麥的女人埋怨丈夫不做家事，男人則煩惱妻子以拒行房來懲罰他們。這種情形又豈獨丹麥為然？並非女人不愛行房，實在是丈夫不知疼惜太太造成的啊！有些男人對行房比較不看重，他們希望妻子能與自己有心靈契合的嗜好，如：一同登山、釣魚、下棋……在國語連續劇《三朵花》裡就有這麼一位風雅的教授，興致沖沖地對妻子說：「我最近發現一處山水極美的地方，我現在就帶你去看。」妻子回答：「不可以！我早上要清洗床單、被罩，下午要餵雞餵鴨……好多事等著我去做！我走不開啊！」讓丈夫淋了一頭冷水。當我還是一個飯來張口，茶來伸手的大小姐時，定然覺得這個太太好俗氣庸碌，是在逼丈夫尋找外遇。可是，身為人母多年後的我，卻對此對夫妻有了不同的看法。太太如能放下家事，陪興頭上的丈夫一同出遊，固然是美事一件；然而，更理想的安排應該是先生對太太說：「我來幫你洗床單、被罩，你去餵雞鴨，做其他的事，然後我們就可以一齊去看山水了。」只有丈夫分擔家事，才能將太太自繁瑣無盡的家事中解救出來，保留部分心情、體力去配合丈夫的喜好。

有人認為，妻子若不能配合丈夫的喜好，很可能導致丈夫外遇，最後吃虧的還是妻子。所以，妻子應該面面俱到地扮演傭婦、蕩婦、貴婦，甚至共擔家計，與先生共逐興趣……只是，這麼一位理想的妻子實際上像兩頭燃燒的蠟燭，絕不是珍惜配偶的丈夫忍心願見的。再說外遇這碼事，不但毀了婚姻，也深深傷害到子女。而當第三者成了另一伴侶時，你是否繼續要求她扮演多重角色，去再次重複以往的悲劇？

翻出如來掌心

十二月的華府，瑟瑟寒風吹得枯枝亂顫，路上行人幾欲斷魂。屋子裡卻很熱鬧，五、六十個女人肩挨著肩，臂貼著臂，正熱烈探討兩性關係。有人說，廖輝英小說中的女性都是那麼玲瓏慧心，相對之下，男性就顯得懵懂渾噩。

這話馬上引起眾女子頷首不已。「是啊！我常覺得男人大多是拒絕長大的彼得潘，一逕活在舊傳統裡。時代演變至今，兩性角色的調整勢在必行，可是，像今天這場座談會，永遠是我們女性在參與，男性何在？他們才是需要再教育的一群。」又是一陣滿堂彩。

或許上天亦有同感，即時做出了回應：有人推門進來，正是一個男人！鬨堂大笑中，錯愕的男子被請求發表男性心聲。他胡亂搪塞了一陣，然後正色道：「門口有部灰色的傲世莫比，左前胎沒氣了。」車主面容倉皇地站起來，遊目四顧，尋求救兵。這位男士接了太太，還得趕往下一場約會。而男主人為了娘子大軍壓境，早就出外避風頭去了。只見一刻前還意氣飛揚、英姿煥發的舉座新女性們，此刻臉上盡是愛莫能助的無奈！最後，只有打電話向拖車公司求助。

對於新女性主義的登高頻呼，在下一向照單全收。平日混在一干男同事中朝九晚五，回家後跟先生平起平坐，在社團裡運籌帷幄，對於宇宙人生的關懷面自認寬廣，長久以來，真的以為自己樣樣不讓鬚眉，可以獨立擎天，堪為新女性的典範。一直到這場車胎漏氣事件，才如當頭棒喝，震醒自我膨脹夢。如果說，新女性追求的是精神與實質上全然的獨立，那麼，我離終點還有好一段長路待走。

結婚頭幾年，先生是典型的大男人主義，飯來伸手，茶來張口。一直到今天，做家務仍是玩票性質。可是，多年來經我不斷地曉以大義，他也可以做飯、洗碗。如果我出遠門一陣，家中大小三人依然可以在一屋凌亂裡活得白白胖胖。可是，換了他不在家，我們能不能撐過一星期就很難說了。燈泡壞了我不會換、電器故障了我束手無策。各種帳單不知何時該付、怎麼付？夏天不會割草、冬天不會鏟雪。對於車子更是無知的可笑，有次，車子引擎出了毛病還大剌剌地招搖過市。

相信在下絕非極端的個例。女性朋友中多的是事業上呼風喚雨，一碰電器品就瞠目結舌，呆若木雞，能夠定期保養汽車的更是鳳毛麟角。想想看，有幾個女人走在街上會注意看路邊的車子輪胎有沒有氣？就說那場座談會，從發言者非凡的見識、犀利的談吐看來，座中多為頭角崢嶸輩，卻沒有一個能做換下壞胎，裝上備胎這種基本工作。倒是知道許多家庭如今都由丈夫掌廚、育兒，燒出的菜，帶出來的孩子絕不遜太太們的表現。於是頓悟，婦女運動蓬勃興發數十年，女性鎮日喳喳呼呼，打擊男性沙文主義拳拳到肉，到頭來還是無法百分之百地獨立；而狀似愚訥的男士們，平日對於婦運分子的頻頻出招，看似被動又不甘心地接招拆招，卻在無形中練成「大內」身手，做起內務的井然有序還真不讓婦人專美呢。換言之，新女性主義數十年奮鬥下來，真正改造成功，可以沒有另一半仍然存活下去的，竟是男性！

另一方面，香爐事件、寶寶日記、清大女生情殺……一連串女性菁英陷溺情海，自相殘殺的社會新聞，顯示即使是新女性，某些人的天空依然局限於小眉小眼的情愛爭寵。十九世紀的英國浪漫派詩人拜倫在長詩〈唐璜〉裡說過：「愛情是男人的身外之物，卻是女人的全部生命。」可嘆的是，婦運將女性從深閨大院釋放，拋頭露面數十年，事業上縱橫揮灑的某些新女性，一鑽入情愛的牛角尖，竟無迴旋空間，不惜玉石俱焚。反觀男性，爭風吃醋不是沒有，絕非社會顯達之士，更不會在公眾前撕破臉，「十步之內必有芳草」的開放自信，並不因女性出頭而稍減。

男女之間的纏鬥，令人想起孫悟空與如來佛。孫悟空下海大鬧龍宮，奪得稀世兵器數件；上天攪翻天庭，偷吃蟠桃、仙酒、金丹，頓時功力精進，一觔斗就是十萬八千里，卻仍跳不出如來佛掌心。男性主宰歷史，四、五千年來勢力深厚龐雄，女權運動至二十世紀方才風起雲湧。相比之下，後者奮鬥之艱辛與成就之卓越，實在令人肅然起敬。然而，能夠獨立於男人陰影下的新女性，在當前女性人口中頂多不超過十之一、二。近讀韓秀新書《風景》，敘及現代希臘家庭男尊女卑的殘酷，足以讓青春少艾畏婚自殺。希臘是西方文化中人本、民主思想的根源，又處思潮開放的西歐邊陲，女性處境猶然如此悲慘，遑論眾多亞、非、中南美地區的女性。即使是女權甚為昂揚的美國、臺灣，新女性也有前述的種種局限。

翻不出如來佛掌心，女性除了繼續未竟的「革命事業」，與傳統的束縛搏戰，也該反躬內省。以人類倚恃科技日深的趨勢看來，對於機械、科技較排斥的女性，要想獨立存活，必須儘可能克服心理畏懼。心胸與眼光更要宏闊，學習「大丈夫何患無妻」的灑脫，即使情感中無男人何妨，何苦與另一個女人披髮扭打。如此內外兼修，必然功力大進，遨遊於天地間無所窒礙，如來能奈我何？

更理想的境界，當是男女以自身天賦相輔相成、截長補短、水乳交融下扶持一生。譬如說，妻子在科技上仰賴丈夫，丈夫在家務上仰賴妻子，也可顛而倒之，端視各人性向所長。如是，也就沒有誰掌控誰的問題。

錢與情

K太太的公婆、伯嫂一大家人遠迢迢自香港來探親，K先生攜幼扶老，領著十來個人去黃石公園玩了一星期，花費在機票、食宿、租車等上的費用洋洋可觀。難得的是，K太太一句怨言也沒發。

K家的經濟不頂富裕，K太太不心痛辛苦賺來的錢，像水一樣嘩啦嘩啦地流掉嗎？

「不是我不心疼錢。我只是覺得，錢用掉以後還可以再賺，夫妻傷了和氣卻可能造成長久難以彌合的創痕。因此由著他去張羅。」

聆君一席話，勝讀十年書！K太太的豁達識理，連我也自嘆不如。

貧賤夫妻百事哀；那麼，經濟上充裕的夫妻就無風無浪，天天天藍嗎？非也！富貴之家為了爭奪產業而反目成仇，甚或刀刃相見的故事，並不僅是《達拉斯》、《朝代》等一干肥皂劇杜撰出來的情節，而是報端常見令人怵目驚心的新聞。就是一般中等收入的家庭，夫妻倆的金錢觀差異，也常是閨房勃谿的導火線。

經常是，夫妻一方家境較差，需要寄錢供養。於是那一方不必寄錢的就滿心怨憤，覺得自己做牛做馬、省吃儉用，竟是為了別人。甲先生在臺老母長年癱病於牀，他按月寄兩百元回家貼補醫藥；乙太太弟妹尚幼，她得匯錢幫繳學費。甲先生與乙太太都是情非得已，倘使另一半咕咕噥噥，嘮嘮叨叨，只有使夫妻感情變劣。須知：倫理、親情、良心，都由不得甲先生與乙太太收回援手。另一半諒解與否既不能改變決定，那麼，另一半為什麼不做得漂亮點，全力支持，換取枕邊人的感激呢？為什麼要吵鬧不休，讓枕邊人夾在親情與夫妻情的夾縫，終日苦惱而形體憔損呢？

有時候，一方拚命寄錢回家，卻禁止對方向父母表示一點敬意，完全忘記人家也是父母辛苦拉拔大的。有時候，一方善識大體，力盡媳婿本分，卻被對方視為理所當然。輪到那知理的一方要孝敬父母時，對方就擺出一副惡相，令人寒心之至。如此的斤斤計較，又能省下多少錢呢？如因此而使枕邊人灰心、失望，從此不盡媳婿本分，或夫妻間恩愛受損，省下的錢又能做些什麼呢？

父母、子女、乃至一切人倫，撇開感情因素不談，彼此往來皆應本諸良心。父母經濟寬裕的，不一定要強迫子女購物寄錢以表達孝心，因為子女也各有自己的家庭要負擔。反之，父母經濟有困難，為人子女豈能作壁上觀，總要量力支持，而另一半也應無怨無尤。愛本就是無怨無尤的，愛他（她）也應愛其家人。畢竟人心是肉做的，付出愛心、關懷，而換回夫妻的深情，夫家、娘家的一團融洽，損失點金錢又何足掛齒呢？

溫馨牽手情

在嚴肅的第一版，看到一幅溫馨的新聞圖片：布希夫人牽著柯林頓夫人的手，兩人都是滿面笑容。

我素來很喜愛芭芭拉・布希。她出身富裕，丈夫仕途一直順暢，可是她沒有一般上流社會貴婦的矜貴。她和藹、親切、樸素、自然，更有難得的幽默機智。似乎任何人都可與她結成好友。像與南西・雷根格格不入的蕾莎・戈巴契夫，與芭芭拉卻無任何芥蒂。難怪美國人都很喜歡她。希拉蕊・柯林頓是完全不同的典型：精明能幹，兩度列名全美百名最佳律師。雖然為了丈夫競選總統，被迫自我收斂，可是鋒芒依然時時外露。

競選期間，她們的丈夫彼此惡言相向。希拉蕊也曾數度失言，一句「不如學家庭主婦在家喝茶、烘小餅乾……」，得罪了許多家庭主婦，又無憑無據地指摘布希有婚外情，也失之莽撞。而芭芭拉始終不攻擊任何人，甚至在丈夫說出：「柯林頓和高爾是一對丑角。」「我們家的小狗也比他倆懂外交。」之類胡言亂語時，芭芭拉也不以為然。

然而，柯林頓畢竟贏得了總統寶座。希拉蕊前往探訪未來的新居，芭芭拉以主人的身分，熱誠開朗地敞開臂膀歡迎。她自然地牽起希拉蕊的手，帶她參觀白宮，一面幽默地傳授她的第一夫人心得：「躲避記者如躲瘟疫。」芭芭拉的親切和幽默，輕輕鬆鬆地化解了新舊交接的尷尬和訪客的拘謹。於是，照片裡的希拉蕊也是一臉春花。

人際間表達情感的肢體語言，牽手最令我心動。當芭芭拉握住希拉蕊手的剎那，友誼的暖流就藉著這搭起的橋，快速雙向交流，消弭了一切陌生隔閡。

記得在臺唸書時，與眾好友攜手同行是多自然的事。那時有人警告：「在美國，你們這樣會被視為同性戀。」當時只覺奇怪，同性間牽手居然會被視為變調。年前重訪舊友，發現時空遠隔、生活壓力，已然造成友誼疏淡。走在一起，不再有牽手的念頭。

若無赤子心，難有牽手情，看幼稚園裡的孩子，與友伴牽手是多天經地義的行為。正如童謠所唱：「走走走走走，我們小手拉小手；走走走走走，一同去郊遊。」看一群黑白黃小孩牽著手去遊玩，但願成人世界裡也無歧視，無偏見，融融洽洽成一體。我的一對小兒女，爭吵、告狀、搶奪，一日不下三起。有時被他們吵得焦頭爛額，兀自生氣，一回身卻見兩小已手牽著手，快快樂樂地玩將起來，而兩頰的淚痕尚未乾呢！小兄妹攜手相依的模樣總令我胸臆間充滿了溫馨。小時候與手足間，不也有這般情景？可是成年之後，似乎不再有如此的親熱無間。

夫婦間攜手同行也是一幅動人的畫面。故總統蔣經國先生說過，他最欣賞閩南語以牽手來形容夫妻。牽手同行確是婚姻的最高境界，平淡卻難行。新婚燕爾，牽手是濃情蜜意的自然反射。時日既久，情愛轉淡，一前一後趕路成了典型寫照。這時手上還可能抱了個娃娃，或牽了一對兒女，情愛大多轉到稚兒身上。牽著孩子的小手，感受到小心靈裡全然對父母的信任，彷彿任由父母領著天涯海角一路行去，那種感覺非常美好。可惜，良辰易逝，當孩子長到青春期，不再乖乖地遞出手讓父母握著。這年紀的孩子，最怕被同學看到與父母親暱，怕被識為長不大，更對與父母同遊了無興趣。似乎空了下來的手是回歸老伴的時候了。只是，中年生活的奔波消磨了牽手的閒情。妻子買菜、做飯、打理家務，丈夫送孩子學琴、打球、清理庭院，走慣了不相交集的平行，牽手的渴望不再自心底升起。有的夫妻長年分隔兩地，或者牽起的是第三者的手，或者彼此拳腳相向，終至牽手淪為分手。

夫妻一世始終攜手共行固是美事，有的夫妻在邁入暮年時方才體會相互扶持的可貴，於焉再度牽手，也是圓滿的結局。不要讓這樣的結局來得太晚，等失去老伴後才後悔昔年的怠慢。

對父母又何嘗不是？曾經牽著他們的手蹣跚學步，抓著他們的手怯怯地開始上學的第一天，緊緊地握著大手在擁擠的人流裡逛街、看電影。而今，他們的步履開始蹣跚，反應開始遲鈍，心理開始畏懼，該是壯年的我們伸出手牽住他們，讓他們感受到依靠慰藉的時候了。

將缺憾歸諸於緣

緣分，這個源自印度佛教的觀念，已經根深柢固地在中土落實。不止一次，我驚訝地聽到中國的基督徒提到這兩字。然而，在以基督教為主流的西方文化裡，是沒有緣分概念的。很難向西人解釋緣分。我們歸諸緣分的，西方人則歸諸於「神的旨意」。後者的說法幾乎是百分之百的將話說盡，不若前者帶著三分曖昧迷濛，也因此無法更圓融地解釋世事的無奈無常。

譬如說吧，徐悲鴻與孫多慈這對才情匹配的戀人，終因戰亂而離散。又如因國共內戰而阻隔兩岸四十年的千千萬萬對夫妻，你若將其離散視為神的旨意，那麼，神為什麼如此拆散有情人？似乎與神的寬愛形象不符。但是，中國人的「情深緣淺」一出，就令人無法不心服口服。人生，尤其在亂世，有太多的環境因素是渺小的個人無力控制的。所以，空有海般深情也未必能長相廝守，這「緣淺」就包容了一切。伊麗莎白・泰勒與李察・波頓始終是彼此的最愛，風風雨雨，兩度結合，兩度仳離，對於他倆的情愛與婚姻，沒有比他們主演的一部片子中譯名更妥切的形容了——「緣盡情未了」。

佛家說：「佛渡有緣人。」這種說法也可以應用到一切宗教。為什麼有些人很容易被某種宗教感動而皈依，或者在一陣抗拒排斥後終於接納；有些人在長期浸淫後始終無法全心投入。有緣則信，無緣則敬而遠之，比西方宗教的說法更富寬容性。人與人之間的相處，何嘗不是如此？周潤發對陳薈蓮的體貼、深情，堪稱模範丈夫；余安安的婚姻也十分的幸福穩定。可是當初周潤發與余安安的結合只維持了短短數月，而且是在極不愉快的情況下分手。倒不是兩人性格上的缺失，只是不「投緣」罷了。世上多少人口，我們一生結交的，能推心置腹又有幾人？投緣的，一見如故；反之，則經年累月相處也始終維持泛泛之交。

是故，緣分實在是中國人對世事缺憾的一種圓滿解釋。深信緣分，正反映中國人不強求、逆來順受，甚至不求甚解的民族性。如果人際關係的始與終皆有緣訂，且問蒼茫大地，誰主眾生複雜交錯的前緣後分？對於這個問題，中國人無力，也無意去尋求解答。同樣是冥冥中注定，中國人可以向命運抗爭，我們不認命，我們要改運，可是沒有人企圖對緣做些什麼。當我們將一項缺憾歸諸於緣時，我們是徹徹底底地棄械投降了。

這麼說來，相信緣分是消極的，退縮的人生態度，無法適存於現代社會的殺戮戰場？不，正相反地，在今天全球你爭我奪，幾乎無一淨土的世紀末亂象裡，緣分正是拯救人類的靈丹之一。為了得不到的情愛而涉嫌動手殺人，O・J・辛普森只是最著名的例子。每天翻開社會版，這類新聞簡直多到令人麻木的地步。如果分手的男女都能以緣分已盡來寬解自己，必能雍容有度地全身而退，反而在對方心目中留下美好的回憶。如果大家都相信「同船過渡，尚且是五百年修來的緣分」，時時抱著惜緣的心態，那麼在公車上也不會你推我擠，在辦公室也不會互相傾軋爭鬥了。當然，也不會有人對著生活在同一片土地上逾四十載的同胞怒吼：「中國豬，滾回大陸去！」吳伯雄被迫退出省長選舉的那一陣，許多人頻問他的仕途走向，吳說：「隨緣吧！」美哉斯言！在長期部署竟功虧一簣後，若非懷抱隨緣心，還真無法「退一步海闊天空」哩！

情悟，天地寬

為何鳥兒依舊歌唱？
為何海浪簇擁撲岸？
豈不知世界已臨末日？
因為你不再愛我。
(Why does the bird go on singing?
Why does the sea rush to shore?
Don't they know it's the end of the world?
'Cause you don't love me anymore.)

初聽〈世界末日〉(End of the World)這首歌，頗被曲名的沈鬱倉皇嚇了一跳。及至聽懂歌詞，原是失戀女孩的傷心吟唱，彼時正當粉紅黛綠，漫不經心的十四歲，只覺那女孩因情逝而感天旋地轉，世界崩潰，未免癡傻可笑。

然而，將情愛視同天高，戀曲戛然而止則山崩海裂、風雲變色的癡心人，古來不絕如縷。明湯顯祖傳唱不朽的《牡丹亭》，寫杜麗娘夢中與素昧平生的翩翩才子柳夢梅墜入情網，醒後惆悵情愛的海市蜃樓，竟至抑鬱以終。清朱彝尊的〈高陽臺〉：「重來已是朝雲散，悵明珠佩冷，紫玉煙沈。前度桃花，依然開遍江潯。鍾情怕到相思路，盼長堤，草盡紅心。動愁吟，碧落黃泉，兩處難尋。」寫的是康熙年間的一段斷腸傳奇：「吳江葉元禮，少日過垂虹橋，有女子在樓上見而慕之，竟至病死。氣方絕，適元禮復過女門，女之母以女臨終之言告葉，葉入哭，女目始瞑。」今人讀這等作品固覺淒豔，總不免為舊時女子禁錮深閨缺少社交，輕易動心致率爾殉情，感到禮教吃人的可怖。然則細看二十世紀末的紅男綠女，雖然女權早已高揚入雲，婚前貞操更成明日黃花，「只要我喜歡，沒有什麼不可以」歌聲薰陶成長的年輕人，情愛稍有不遂，或殺人、或自盡，情殺案例依舊屢屢驚動社稷。

她就讀明星女中高三，清麗如晨風中帶露的玫瑰，只因戀上有婦之夫，遭其妻勸阻，萬念俱灰下結束苞蕾初綻的生命。男方慚悔交加，也隨之步上黃泉不歸路，留給雙方老少家人綿綿無盡的傷痛；她是傳播界步履生風的女強人，精悍一如鬚眉，看盡人間不平，卻一頭栽入情愛泥沼，以玉石俱焚的決絕一再與負心人眾目睽睽下叫罵扭打；他與她歷經漫天風雨始得愛情自由，她旋即因了解而萌分手之念，於是他拳打腳踢試圖羈絆遠去的腳步……一樁樁、一件件，不由令人思考愛情之魅力、魔力，足以教人賠上尊嚴、風度、乃至生命？

莎士比亞的《羅密歐與茱麗葉》已成愛情經典，究竟為情竇初開的少男少女如何界定殉情——是真情摯愛的永遠停格，還是罔顧家人的自私行徑？是重愛輕死的大仁大勇，還是情關難跨的懦怯逃避？

莎翁諷刺愛情善變的《羅密歐與茱麗葉》，竟被奉為愛情不朽的頌歌。此劇一開頭即以相當篇幅描寫少男羅密歐的煩惱。他迷戀的羅莎琳「太美、太明智、美得太明智」(She is too fair, too wise, wisely too fair.)，所以不為羅密歐深情所動。不忍見其為情憔悴，朋友慫恿他參加宿敵世家的化裝舞會，或許可以另覓佳人。果然，前一刻還懨懨寡歡的羅密歐，一見漂亮的茱麗葉頓時將羅莎琳拋到萬水千山外，一頭栽進新的情網。如此推衍，羅密歐與茱麗葉因世仇無法結合，倘不殉情，小帥哥或許消沈數月，然而十步之內必有芳草，總為麗色目眩的羅密歐不難再遇新歡，又成生龍活虎的好漢一條。

描寫羅密歐的每為妍姿麗色所惑、衝動不察，羅莎琳的冷靜理智，茱麗葉的少不更事（十四歲），兩人一見鍾情即互許終身，到陰錯陽差下枉喪黃泉，莎翁縷縷鋪陳出一段荒誕幼稚的少年愛情，是悲劇，也是鬧劇。「年輕人的愛存在眼裡，而非心裡。」莎翁如是說。表相的愛情，值得賠上年輕美好的生命嗎？

年輕人為表相愛情殉身，雖然衝動愚騃，倒不失純真自斷；相形之下，飽經世故的中年人一旦情關難破，容易流於利刃傷人。正如孔子所言：「少之時，血氣未定，戒之在色；及其壯也，血氣方剛，戒之在鬥。」翻看社會版，中年殉情稀如神話，為挽情逝狂瀾於既倒而拳腳交加、口出惡言則屢見不爽。男歡女愛原是兩相情願的人間美事，當一方由於種種因素熾情已冷，另一方猶苦苦相纏，難道就能再煽情愛之熱火？Carol King有首講分手的暢銷歌〈太遲了〉(It's Too Late)，那兩句「你看起來如此不快樂，讓我覺得像個傻瓜。」真是一針見血。對於心冷情絕求去的一方，無論自己依然如何眷戀，唯有雍容放手，留予對方寬容美好的回憶，或許日後尚有重續舊緣的空間。一味的死纏爛打，天涯追逼，非但抹煞掉來時路上的所有繾綣美憶，也使自己落得狼狽殘敗。何苦？

無論是飲恨自盡，殺人洩憤，毀人容顏，或大揭瘡疤，懷抱「與汝偕亡」的憤怨，最終斷送的都是自己的人生行路。那以死報復負心人的冤魂，倘若獲知對方三年五載後照樣結婚生子，已是復活無路，徒恨九泉。一言以蔽之，殉情也好，為情傷人也罷，都是既無詩意，也缺美感的蠢行。在禮教解綁的現代，通衢處處，自殺更是不經智慧思索出路的下下策。

《下一個男人會更好》，女作家的暢銷書反映的是新世代的價值觀，聽在深信一世情緣者的耳中或許失於輕佻，卻也不無走出情關的豁達自信。我更喜歡王鼎鈞在《開放的人生》裡詮釋情戀得失的溫柔敦厚：「第一次戀愛……那時候機會不夠多，判斷力不夠成熟，並未能做最恰當的選擇。除了極其罕見的幸運兒以外，跟初戀的對象結合並非幸福的婚姻。必也有一次或一次以上的破碎，從其中培養心智，鍛鍊意志，了解人生的意義，才真正具備結婚的資格。」其實，每一次的戀愛，甚至婚姻，不都是一種浴火重生的成長？幸運者得以終身廝守，失敗者亦當從中學得經驗、教訓，成就圓熟睿智的人生觀。

只因為，「戀愛是你的靈魂要去選擇一個伴侶，與他攜手，在人生崎嶇的道路上同行，有了理想互相支持，有了阻礙互相勉勵，在柳暗花明後一塊兒高興。」（王鼎鈞語），不願與你牽手偕行一生，若是出於對方的見異思遷，或者不能忍苦耐煩、堅持到柳暗花明，這樣的伴侶絕非靈魂合契，棄之何足惜？若是出於本身的缺失，則當反躬自省，淬煉提升，脫胎換骨下出落得敏慧可人。如是，此去經年或可再結情緣，終獲摯愛；也或許情愛道上從此踽踽獨行。然而，一個心智豐熟，視野寬廣的人，自會於天地廣袤中欣見美景無數。個人情愛，也就昇華成為人間大愛。多年後回首來時路，竟是雲淡風輕，凡塵落盡，情關已在身後。

天道爽報　何須世人動手

港星鍾鎮濤的前妻章蓉舫為男友陳曜旻離婚。這對歷經風雨始儷影成雙的情侶，近日卻傳出陳曜旻痛毆章蓉舫的社會新聞。香港一家雜誌做民意調查，發現多數港人都認為陳曜旻打得好。有人甚至說：「如果一個女人太過分，相信十個男人有九個都會想打……」那麼，一個男人太過分，女人又何以為報？以陳進興的殺搶姦擄無數，尚且得到法律保護，正法前須經一定法律程序，無法令受害者得而誅之；章蓉舫再罪大惡極，也輪不到陳曜旻私刑凌遲吧！

人人依循心中尺度自行開打，捍衛公義，「過分」的界線不免流於浮濫，一個不能控制情緒，動輒以拳頭解決問題的男人，可以為綠帽罩頭興師問罪，也可為晚飯遲開、菜色欠佳拳腳相向。妻子或女友任何小事都可背上「過分」的罪名。久而久之，出手成了條件反射，稍不合意即橫暴以對，如此婚姻愛情又有何情義可言？最終造成分手還是萬幸，甚至可能釀成萬劫不復的命案。李昂的《殺夫》，美國的電視影片《燃燒的床》，並非編劇的憑空想像，社會新聞裡多的是妻子忍無可忍下「與汝偕亡」的悲愴絕然！而O・J・辛普森的悲劇正是肇始於當初毆妻的第一拳。倘使人人皆以拳頭對付忤逆我意者，社會必將倒退至沒有法律保障人身安全，淫威淩駕說理的蠻荒世界。香港久經英人統治，以法治傲視臺灣、大陸，對於臺灣立法院打成一片素來視為笑柄。然而，近年臺灣立法院久不見鐵公雞劇碼上演，香港卻有百分之八十二的受訪者贊成男人可以自行體罰「過分」的女人，法治的光榮傳統何在？

或謂：「清官尚且難斷家務事，男女之間很多事無法循法排解。」請問，拳腳相向即能解決紛爭嗎？章蓉舫既有求去之心，又豈是陳曜旻「手忙腳亂」即可挽回？輿論認為章蓉舫導致陳曜旻家破人亡，床頭金盡，「過分」之極，又是傳統的「禍水」觀念作祟。愛情本是兩相情願，陳曜旻也非黃口小兒，當初搭上有夫之婦，拋棄絕症中的妻子，揮情斬義在先，怎能由章蓉舫一方肩負罪責？若說章蓉舫被打有理，那出手之人，絕輪不到「清白無辜」的陳曜旻。

從周玉蔻、黃義交到章蓉舫、陳曜旻，吾人看到的是情愛泥沼中，貪瞋癡怨難以自拔的紅男綠女，然而社會對於兩造的評責，寬苛分明竟有雲泥之別，但願只是港臺兩地迥異的價值觀。周玉蔻的苦苦相逼固然不足師法，陳曜旻的死死不放又何見取捨自如的瀟灑？情愛路上雙肩並行，當一方掉頭求去，所有的反目、變臉只有為曾經的美麗回憶添上猙獰結局，而情若逝水，斷難回收。其實，天涯何處無芳草，何妨聚散隨緣。這芳草未必是前程路上拈花而待的另一良人、佳人，也可以是疏朗乾坤間無盡的良辰美景。再說，這廂床頭金盡固然情何以堪，伊人玩弄感情，或也有「一朝春盡紅顏老」，棄若秋扇見捐的一日。人，實在犯不著為一段無力挽回的感情，一個不值得愛的人怒自胸中起，惡向膽邊生。天道爽報，何須世人動手？

另類貞節牌坊

一片謳歌賢慧聲中，不禁替希拉蕊及天下所有的女性捏一把冷汗。

自二月李文斯基案件曝光後始終為丈夫辯解不遺餘力的希拉蕊，於柯林頓承認婚外情的演說當晚，選擇緘默獨處，隨後赴外地度假，在外人面前不復與夫做攜手共行的親密狀，並且分頭活動。這樣的希拉蕊，比前陣子與柯林頓人前擁吻的希拉蕊，出落得更合人性。

柯林頓長年緋聞不斷，非盡空穴來風，搬入眾目所視，眾手所指的白宮，後有寶拉‧瓊斯、共和黨政敵、與特別檢察官經年累月的窮追不捨，猶不知潔身自愛，避免授人以柄，竟與年紀可做女兒的實習生逍遙苟且，總統寶座或許不致見危，遺臭青史不待蓋棺卻可論定，想那希拉蕊精明一世，丈夫加諸其身的種種公、私侮辱，怎能泰山崩於前而色不變？

然而，官場傾軋中一路攀爬出頭的希拉蕊，深諳「覆巢之下無完卵」的殘酷，她能於人前不念丈夫之過，他人又何從置喙總統的婚外情？反之，倘若連希拉蕊也求下堂，則柯林頓必四面楚歌，大勢已去，從阿肯色到華府，乃希拉蕊畢生志業所在，豈甘心情願讓李文斯基成為壓垮駱駝的最後一根稻草？

想當年戴妃飽受丈夫外遇冷落，先結交男友，事發後又出書、又受訪，與皇室隔岸開火，滿城風雨中雙方皆傷痕累累。

希拉蕊出身耶魯法律系，披荊斬棘中殺到白宮盟主地位，與高中畢業，一夕飛上枝頭做鳳凰的戴妃見識歷練、行事手腕，果然對比如雲泥；只是，稱揚希拉蕊賢慧，期許希拉蕊以無塵無垢的氣度再次原諒丈夫的不忠，則是對女性單方面的強求。

如果說，妻子必須一再容忍、寬諒丈夫的不忠才是賢妻，那些在情感受騙後選擇分離的妻子將何以自處？反諷的是，希拉蕊多年幫丈夫圓謊掩飾，卻造成柯林頓的耽溺情色，是賢或愚耐人尋味。

我看到希拉蕊在柯林頓電視認錯後幾天中流露的，或者正確地說，不再掩飾的對丈夫不滿，真替她鬆一口氣。《紅樓夢》裡說寶釵與黛玉：「可嘆停機德，誰憐詠絮才？玉帶林中掛，金簪雪裡埋。」實在是曹雪芹對世間所有德才兼備的女子所遇非人的惋惜。對於才華耀世，德行無虧妻責的希拉蕊，何忍強求她人前強顏歡笑，擺出「太上忘情」的身段？幾千年來，女人為男人的荒淫背罪，固然不多此一樁；只是，在貞節牌坊漸入歷史湮塵的今天，吾人又何必豎立另類貞節牌坊？

輯二

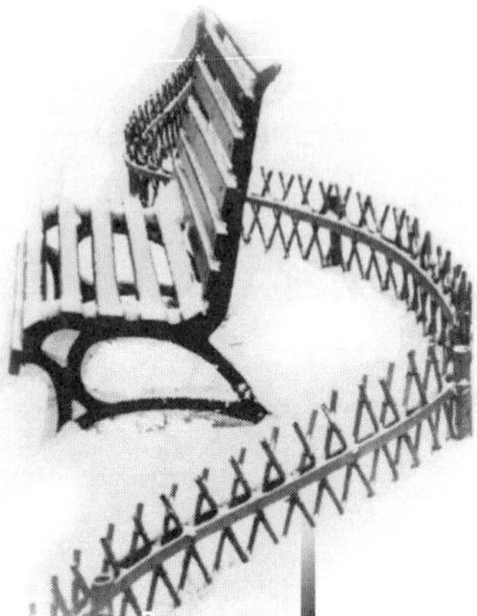

浮生豈恨歡娛少

第一次讀蔣捷的〈虞美人〉，只覺文字淒美如殘霞；體會其中深意，卻是邁入中年之後。

蔣捷以聽雨這件尋常事，來刻劃人生不同階段的心境反射。「少年聽雨歌樓上，紅燭昏羅帳」，寫的是年少輕狂，恣意尋歡，雨聲入耳盡成浪漫的絲竹。回想大學時代雷電交加下照樣露營，颱風天舞照跳，正是這般的一晌貪歡。「而今聽雨僧廬下，鬢已星星也，悲歡離合總無情。一任階前點滴到天明。」同樣的雨落，聽在長路將盡的老人耳中，卻是萬般無情，這點年紀不到尚未體會，倒是說到中年的一段，頗能啟我深思。

「壯年聽雨客舟中，江闊雲低、斷雁叫西風。」烏雲密佈的下雨天，西風送孤雁長鳴，原該留在溫暖的家中樂享天倫，卻瑟縮於客舟裡漂泊過江，為何？只因家累沈重，職責未了，身不由己地奔波江湖。你想起多少積雪盈尺的冬日，恨不能待在壁爐前優遊詩文世界，卻必須出門與風雨一路鬥爭到辦公室。多少明月高照彩雲歸的夜晚，你拖著疲累的筋骨離開辦公室，車陣裡再耗上一個鐘頭，才回到灶冷鍋清的家中，來不及換衣服就衝入廚房，顧不得那天是你的生日。你更想起無數雲淡風輕的豔陽天，你想賴在陽臺上偷個浮生半日閒，子女卻雞飛狗跳催你做司機。為了事業，一家人隔洋興嘆，多少次你在回臺的波音七四七裡，隻身咀嚼著蔣捷的客愁……。

美國人稱中年為「三明治的一代」，意指前有高堂，後有子女，仰事俯蓄間中年人有多少屬於自己的空間？事業原是中年人可以策馬馳騁的草原，然而，對於絕大多數的人來說，職業只是一份養家餬口，食之無味、棄之可惜的雞肋。孔子說：「後生可畏……四十五十而無聞焉，斯亦不足畏也矣。」到了四十郎當還是一個小職員，這輩子大概出頭無望了。更難堪的是，昔日同窗不是創業有成，就是學術界頭角崢嶸，想當年，你的成績遠比他們出色，更是意難平。足不出戶的家庭主婦，尤其感到一事無成的失落。再者，髮漸白漸少，腹越來越厚，臉頸皺紋細生，高血壓與糖尿病連袂而至。夜闌人靜聽斷雁西風，雨落階前，再麻木懵懂的中年人，也不由興起年少拋人容易去，浮生長恨歡娛少的蕭瑟之思。

於是，刻意向歲月挑戰，不信青春喚不回。拉皮、抽脂、打胎盤素，千金不惜；營造婚外情、涉足歡場，萬金買笑。隨著婦權解放，中年危機不再是男士獨擁。一部描寫中年主婦脫軌三日的《麥迪遜之橋》，造成全球轟動，反映了多少婦女的嚮往。等而下之的，是方興未艾的「伴遊男郎」，蓬勃的市場是中年女性不甘寂寞的指標。然而，這些皮相的整形與狎遊，所費不貲，能夠帶來真正的快樂嗎？只消看社會版上層出不窮的畸戀兇殺便知。

其實，中年人也可以活得逍遙從容，心靈也可以長保青春煥發，不需錢財、權勢，關鍵存於轉念間。

一是對於現況的知足感恩。詩曰：「他人騎大馬，我獨騎驢子，回顧擔柴漢，心下較些了。」沒有人一生萬事如意，了無缺憾，即使是富豪巨卿，背地裡也有說不出的苦。所以，不要羨慕別人的光鮮，多看看比自己不幸的人，必會像基督徒般油生知足感恩心，覺得生活裡充滿了神的恩典。

二是對於大自然親近愛慕。中年人在名利戰場流連既久，往往淪為錢權奴隸。讀莊子書，徜徉明山秀水，讓自然的雄渾廣袤，天長地久，豁然開啟井蛙之爭的愚昧。英國浪漫派大師華茲華斯在〈我心跳躍〉(My Heart Leaps Up)一詩中說，看到天際彩虹總會心動不已，孩提時代如此，壯年如此，但願年邁之後依然如此，希望每個日子都由對自然的虔敬穿組成串。的確，一個對自然美景恆常動心的人，生活中處處是渾然天成的詩情畫意，又怎會覺歲月蝕人？

三是長保赤子心。林語堂在〈四十自壽詩〉裡說：「而今行年雖四十，尚喜未淪士大夫，一點童心猶未滅，半絲白鬢尚且無。」雖然腹笥淵博，卻無禮教頭巾氣，林語堂不但將中國人風雅的消遣，如：品茗、酒令、養花蓄鳥、吟風弄月等，以英文著作《生活的藝術》介紹給西方，更身體力行，浸淫於各種中西藝術，生活得彷彿一個快樂的頑童。傾盆大雨下，他帶著女兒赤腳在急流小溪中放船；為女兒蛋糕寫糖霜，被女兒甜美的〈生日快樂歌〉感動得涕泗橫流；為《浮生六記》的芸娘「終日癡昏」；崇拜《桃花扇》李香君的超凡氣節，而將李的畫像到處帶著。他喜歡李密菴的〈半半歌〉，服膺「老二哲學」，覺得凡事半留餘地，不必強求出頭。瀟脫達觀如是，深信「大人不要失其赤子之心」的林語堂，與說過「兒童是成人的父親」名言的華茲華斯，俱是文學上仰之彌高的巍峨巨擘，對於紅塵中廝殺不已的凡人，個中深意尤耐尋味。

花開堪折直須折

有位女士年近花甲，每次見面，談著談著就說到昔年的風光歲月。這天她又彈起數十年不變的老調：「年輕時，真不知有多少人追啊……我的婚禮場面之盛大……」

我不禁想起濟慈的話：「美的事物是永恆的喜悅。」(A thing of beauty is a joy forever!) 今天，我們觀賞三、四千年前的青銅器皿，聆聽一、兩百年前的音樂創作，依然能感受到至美的震撼。然而，形體之美顯然不在永恆喜悅之列。綺年不再，玉貌衰弛，對於盛年風華偶然回首，本是無可厚非的人之常情。但是經年累月掛在嘴上昭告世人，今昔對照下，總令人覺得一味沈湎昨日的不堪。

莎士比亞的商籟詩(Sonnets)文情兼美，其中有一首對於時光催人老描繪細膩：

當我數算著報時的鐘　眼看燦爛白日沈入暗夜，
當我望見紫羅蘭盛華已謝　而烏髮銀絲覆蓋，

當我瞧到巨樹葉盡枝枯　不再為畜群遮陽擋熱，
……
於是我懷疑妳的華顏　必與時間糟粕一同消逝，
因為甜蜜美色俱會棄世　匆遽凋謝中卻見新色崛起，
……

從萬物天時的盛衰消亡，想到朱顏的易變難長，詩人華年苦短的聲聲喟嘆中，何嘗沒有自傷，隱然與李白的「高堂明鏡悲白髮，朝如青絲暮成雪」東西呼應出人類共同的宿命。普世文學中俯拾皆見這般的無奈，傷春悲秋更非女性特有的敏感。有道是「自古名將如美人，不許人間見白頭」。就是容貌平庸的女子，半生碌碌的男性，行到鬢染秋霜的中晚年，臨鏡面對風塵老倦，有幾人能麻木無感？各種心態於焉產生。

第一種如前述女士，拒絕走出昨日風景。此族男女成員「想當年」的滔滔追訴中，未必盡是自憐姿色；有誇當年如何少懷異稟，卓爾不群；或是功彪蓋世，萬夫莫敵；或是宦海顯達，位高權重……一個人重複對人追憶往事前歡，神采再飛揚，意興再風發，總令聽者浮起今不如昔的悲憫。若非現實乏善可陳，豈會戀戀舊塵？若非前景暗淡，怎會頻頻回首？民初大批遺老，不能適應政治倫理遽變的現實，或拖著長辮，或吸著鴉片，或汲汲復辟，麻醉於往日情懷中。甚至連學貫東西的大師嚴復、辜鴻銘也不例外，學精識廣而不能面對新時代挑戰，總覺通達有虧。今天海外的新移民裡，多的是國內高級知識分子，流落番邦做藍領階級。同樣背負政治鬥爭的創傷，有人能夠安享自由天地的清風明月，有人卻懷龍困淺灘的抑鬱，關鍵全在於能否拋捨舊日身段，珍惜眼前。

第二種心態是寄望下一代。莎士比亞在上述詩末，居然來個腦筋急轉彎。他說：「什麼能抵擋時間的鐮刀？除了繁衍後代。」(And nothing gainst Time's scythe can make defense save breed.) 好一首威脅利誘的求偶情詩。現實中的確有不少人犧牲今世，只為培植下一代成材成器。然而付出如斯，應當時時記著老子的叮嚀：「生而不有，為而不恃，長而不宰。」也就是說，養育子女卻不去主宰他們的前程，一如大地對待育化的萬物。有些父母花盡心血塑造子女，希望由下一代圓滿自己無力達成的夢想。當子女叛離指定的軌跡另覓蹊徑，父母的畢生志業豈不落空？父母沒有資格決定子女的路，也不必為子女鞠躬盡瘁，父母子女間更能怡然享受天倫。

第三種反應是放眼天際。比莎士比亞早生兩個世紀的喬叟（一三四三～一四〇〇）曾以古英文寫過一首詩〈塵世短暫如芳菲〉(This Worlde That Passeth Soone as Floures Faire)。好花雖然易謝，然而喬叟舉目望向上帝的永恆，便覺塵世匆匆走一遭又何足眷戀。佛家將修來世作為今生課業，同樣是將有涯人生做無涯延伸。只是，當人的目光投向霧裡雲端，是否也忽略了腳畔的繁花眾草？

對於好花易謝，另有解讀會心。威爾第歌劇《茶花女》中那首詞曲皆優雅絕倫，掀起萬丈豪情的〈飲酒歌〉，正是感嘆愛的歡愉轉眼即逝，花兒既謝就無法賞玩，何不以美酒、歌唱、歡笑點亮時光？曹操的「對酒當歌，人生幾何」，李白的「人生得意須盡歡，莫使金樽空對月」俱是教人行樂須及時。有些人一生節儉，只想攢幾個錢留到退休後享用。沒想到退休後有錢有閒，卻沒有體力吃喝玩樂。不過，晚晚笙歌，夜夜秉燭，沒有李白的才情，勸君莫輕易嘗試。須知李白斗酒詩百篇，遊走酒鄉之際也是「工作時間」，等閒成就青史令名。資質庸碌者長年浸淫酒色，落得一生無成，未免年華虛度。

唐朝杜秋娘原為節度使李錡之妾，善唱〈金縷衣〉。後入宮，得寵於憲宗。晚年回鄉，窮老無依。〈金縷衣〉詩中所言：「花開堪折直須折，莫待無花空折枝。」常被引用勸人及時行樂，殊不知首二句：「勸君莫惜金縷衣，勸君惜取少年時。」實是杜秋娘晚境蕭索中，對逝水流年的悔悟，與岳飛的「莫等閒白了少年頭，空悲切。」異曲而同聲。

不過，以今日資訊的發達，學習機會的普及，不管你是閒白了少年頭，還是忙白了少年頭，每一個今天都可以是學習的起點。有此信念，每一個今天都可過得充實飽滿，「朝聞道，夕死可矣。」常常見到忙著學習、研究的年長人士，臉上流露的光華自信，讓人忽略歲月刻痕。同時，不要忘了每天為自己找一些健康的樂趣，及時行樂！如是，比起最後一種苟延殘喘心態——「活一天是一天」，人生途上永遠鳥語花香，好生繁華。

最是橙黃橘綠時

李白名句：「君不見高堂明鏡悲白髮，朝如青絲暮成雪」，「朝」、「暮」兩字傳神點出歲月飛逝的惆悵。其實，何待青絲成雪的晚境，人到鬢染秋霜的中年，回首前塵，即有「太匆匆」的驚悚無奈。

似乎才是昨日，你玉樹臨風，今日卻髀肉叢生；似乎才是昨日，你膚平如鏡，不知何時開始已面起漣漪。在營養過剩的二十世紀，四十郎當，雖不至於像韓愈般「視茫茫，髮蒼蒼，齒牙動搖」，然而恣意肉食帶來的種種現代病，痛風、高血壓、糖尿病一一「四十不豁（免）」，血糖高、膽固醇高的醫生警告也令你幡然醒悟，百無禁忌的年少時光已翩然遠去。似乎才是昨日，你牛肉麵吃完叫蛋餅，蛋餅吃完叫紅豆牛奶刨冰，總覺饑腸難填，唯恨阮囊羞澀；今日荷包豐厚，卻只能望食興嘆。而這些勞什子的病症，原本是「老一輩」的問題，竟然，竟然，竟然與你發生關聯，你如何不生「歲月不饒人」的感慨。

蕭瑟的不僅是形體的衰弛，邁入中年，心境尤感蒼茫。身為三明治的夾心，前有高堂，後有稚子，常覺仔肩負荷太沈重，卻無可卸之時之地。年少時升學壓力再大，歸得家來，總有父母為你擋風遮雨，提供熱飯。轉眼間，角色互易，你成為老去父母的精神乃至衣食仰望。這些年來，每見周遭親朋好友風塵僕僕於萬里高空之上，只為略盡人子的最後一點孝思，其間的悵恨無奈直教人扼腕三嘆。誰不想陪伴高堂一路走完，然而培育子女的千萬花費，卻又不得不教你為五斗米奔忙。與子女間的代溝和文化隔閡，可以教人心力交瘁。尤其是家有青少年的母親，飽受更年期荷爾蒙失調之苦，還得力戰青春期荷爾蒙導致喜怒無常的叛逆小子小女，可謂「內憂外患」夾攻。

中年人更得在事業戰場上兵刃相見，虛與委蛇，酬酢應對，於是赤子樂心逐日消弭，不覺遭名利韁鎖羈絆捆綁，淪為錢權奴隸。近年裁員成風，幾乎與經濟景氣與否無關，鬧得受薪階級人心惶惶。畢竟一家大小衣食所需，樣樣非錢莫辦，怎堪效那「歸去來兮」的瀟灑能捨？

中年倒也不盡蕭瑟，歲月像氾濫的尼羅河，流逝後沈澱下的豐厚人情閱歷肥沃滋養，足以育化出心靈的繁花盛果。因此，神童儘管鋒芒早露，深涵醇厚的傳世作品多成章於中年之後。至於大器晚成的文、藝、哲宗師更是不可勝數。再不濟如在下我，人到中年，不得不承認資才平庸，這輩子出頭無望，卻可從純欣賞的角度去涉獵年少時生畏止步的畛域，每有意外收穫。九歲讀《紅樓夢》只當它是尋常的才子佳人故事，不甚了了；二十九歲重讀，大為驚豔，世上竟有此等好書。彼時已在西洋文學領域走過一圈，更覺《紅樓夢》的世界名氣或許不及西方經典，但在佈局、寫景、道情、人物、意境上，宏闊精緻幽深，堪拔青史頭籌。讀張愛玲作品亦然，不到中年，難以體會華麗下的蒼涼。高中時被迫讀《論語》，正是叛逆傳統的青春期，但覺孔老夫子一肚皮的不合時宜；在異國他鄉多年飄蕩後，心中經常泛湧起的竟是孔夫子的句句珠璣，驚訝於兩千多年前的哲人，智慧的人世觀照，今日放諸四海猶擲地有聲。朋友告訴我，年紀越長，越信「半部《論語》治天下」。鑒於心境成熟後的深博吸納力，我再向年少時聞之皺眉摀耳的古典音樂伸出觸角，此番果然窺得堂奧之美，從此浸淫其中須臾難離，常向眾友大力推薦，讚為「生命中不能錯過之美」。

凡事有失必有得，我對歲月亦作如是觀。形體外觀難逃日漸衰頹的走向，無論如何整型、粧扮，名牌掛身，珠寶繞體，總不及年輕人光鮮亮眼。與其臨鏡自傷，不如轉向精神世界尋求提升。文學、藝術、哲學、宗教……其中的粹煉精華，唯有歲月洗禮過的成熟心靈方能品出真味。因此，常見學養深厚的中、老年人流露「腹有詩書氣自華」的雍容高雅，談吐應對的周延得體，又是一種年輕人難及的風情。中年之後資產日豐，最忌爭逐酒肉，沈湎聲色，以致健康亮起紅燈。步入中年，求知饑渴猶千倍於為文憑而讀的學生時代，視野不斷擴展，美景目不暇給，每令我欣喜嘆道：「一年好景君須記，最是橙黃橘綠時。」

諸般好處話自嘲

有史以來，幽默沒有比今時更廣受歡迎。尤其在民主社會，人人平等，幽默可以縮短人際距離；愈是對幽默駕馭自如，予人的觀感愈具親和力，在政界、商界、演藝界愈無往不利。

另一方面，有史以來，幽默也沒有比今時更動輒得咎。尤其在民主社會，人人平等，誰也不甘成為被幽默的對象。甲認為幽默的，於乙則是不可忍的侮辱。一言既出，罵聲四起，搞得族群對立，甚或國際關係惡化，因此倉皇辭官的可謂前仆後繼於仕途。

欲充分利用幽默的好處，最安全的一策便是自嘲了。自嘲，退可守，進可攻，具有以下諸般好處：

——如果你忍不住要嘲諷一下他人，那麼，把自己拖下水有個緩衝。

舞蹈家鄧肯對文豪蕭伯納說：「讓我倆生個孩子吧！你的腦筋配上我的容貌是何等美妙的組合。」蕭伯納斜睨著得意的鄧肯說：「如果，孩子有的是你的腦筋和我的容貌呢？」

——如果你在大庭廣眾前跌得灰頭土臉，是訕訕地爬起來，還是咒天罵地，抑或是來上一句妙語自嘲，最能贏得旁觀者的尊敬？

布希總統在日本國宴上昏倒，失態也失禮，沒有喪失的是布希夫人的鎮靜與風度。她看著不省人事的丈夫說：「一定是下午的高爾夫球賽失利讓他受不了。我們布希家的人是最無法忍受輸球的。」

——如果，愛你的家人在為你的安危擔心，怎麼做才可減輕他們的焦慮？

雷根總統遇刺被送進醫院，舉國震驚，他老人家驚魂甫定，又是一個笑話接著一個說出來安撫人心。對焦急趕到的妻子，他說：「對不起，我忘記蹲下來躲閃了。」對戰戰兢兢的醫生，手術檯上的他說：「你們究竟是共和黨還是民主黨？」

——自嘲，可以讓你轉劣勢為優勢。人縱有天大缺點，一旦由自己口中吐出當笑話自諷，他人又能奈你何？

也是雷根。競選連任時，他已七十好幾，比對手孟岱爾大上一截年紀。高齡遂成了爭議性的話題。當兩人在電視上辯論時，記者又提出高齡問題詢問雷根。只見老先生笑容滿面地說：「年紀大，經歷也豐富，這是我佔的優勢。我實在不願拿年紀當話題，對孟先生太不公平了。」一番話，不但換回哄堂大笑，也從此堵住了眾人之口。電視上照著孟岱爾微笑搖頭的神情，完全是「老小子，我服了你。」的意味。

——自嘲，或許不能改變惡劣的處境，卻能讓你帶著寬容平和的心態去面對困阨。大哲學家蘇格拉底家有悍妻，他卻說：「娶悍妻可以成為哲學家。」河東獅吼後是冷水潑頭，他卻對著看好戲的眾人說：「打雷必繼之以傾盆雨。」比起世間諸般虐妻、毆妻的莽漢，蘇格拉底的胸襟、識見、睿智真是哲人丰采。

——自嘲，更是替自己辯護的良策。一本正經地替自個脫罪，可能引起對方嚴陣以待，迎頭反擊。反之，真真假假，似是而非，既諷且辯，一笑何嘗不能泯千過？

大仲馬年少時帶了十九法郎去巴黎試運氣。在巴黎成名後，財富源源而來。然而，生活奢華，使得晚年的他又只剩得十九法郎的積蓄。兒子埋怨他說：「你看你，過去數十年活得像個國王，錢都給揮霍掉了。」大仲馬回道：「我可不這麼想。過去數十年我是活得像個國王，卻沒有用上自己一毛錢。」你瞧，碰上這種父親，那個兒子會對他認真生氣？

——自嘲，能為你贏得尊敬與友誼。自大的人不會自嘲；自卑的人不敢自嘲。器量狹窄的人，缺乏自信的人，活在盲目大眾崇拜神壇上的人，更不能容忍任何形式的嘲諷，遑論自嘲。因此，一個擅於自嘲的人，必是個可愛的朋友；也因此，在集權專制社會，我們只見到大小官員個個道貌岸然，滿口官樣文章；而只有在民主社會，我們才能見到不時自嘲，令你覺得親切如老友的公僕。

——自嘲非但於己無損，也為旁人帶來歡笑，為枯燥生活增添情趣。記得嗎？曾有這麼一天，在辦公室辛苦了八小時，心裡惦記著去接孩子，然後趕一頓晚飯上桌，可是，你卻卡在蔓延到天邊的塞車陣裡無法動彈。你又倦又火又無奈。然後，你注意到前車的尾巴上有一張貼紙，對了，那車很舊也很破，就是「年輕」時也不是啥名牌。但是車主卻貼著一紙：「我的另一部車子是勞斯萊斯。」你笑了，覺得生活裡不盡皆無趣，而人世間處處都有情。

何妨隨興

舊時文士只要經濟過得去，擁有「數房」乃尋常事。正廳是元配，須端莊齊整，雍容大方，是社交上的重要門面；臥房是侍妾，令人寬衣解帶，休閒放鬆；廚房為饑飽所賴，卻如老媽子，與其保持距離，不可近狎；書房則是推心置腹的紅粉知己，最得文士寵愛。可不是嗎？門後的小世界裡，一方綠窗，三壁古書，幽靜中即有解事會心的可人，直把外在世界的紛擾齊齊摒卻。時而縱覽群籍，神交古賢；時而振筆急書，寫盡胸臆；或臨池練字，或描山繪水，倦時呆望窗外的白雲舒捲，綠樹搖曳，等閒度過浮生半日。書房給予的，全然是精神上的豐華瑰麗，對於風雅文士，還有比「自作新詞曲最嬌，小紅低唱我吹簫」更酣暢交契的時刻嗎？書房正是這樣的紅粉知己！所以，經濟拮据下最先犧牲的也就是這生活上百無一用的書房。當一個文士的藏書神出鬼沒於尿布瓶罐間，畫作、紙筆與飯菜、湯水輪番亮相於廚桌上，展卷的背景音樂是妻吼子啼，其人的精神處境必與荷包一樣枯澀窘迫。

以今日之經濟水平與出版盛況，留一個書房，置幾架書，不啻小事一樁。尤其在房屋寬敞的美加，中等價格的房屋即有專用書房，有的建築商甚至堂而皇之捨Study（書房）名不稱而呼為Library（圖書館）。然而，書房的地位今不如昔，不再是知識分子的最愛。雖然博士、碩士滿街跑，除了治學嚴謹的學者，一般專業人士歸家之後，多為電視所吸，一屁股栽倒在前，做「沙發馬鈴薯」(Couch Potato)。近年更有卡拉ＯＫ、國際網路諸般誘惑，昔日文士在書房優游不倦，讀書、吟詩、練字、作畫、撫琴的風情雅趣，隨著今人藝文修養的普遍低落而芳蹤漸杳。於是，空有寬屋高軒、真皮座椅、紅木書桌，甚或三、兩架大堆頭巨著，主人卻只有在年度報稅，或登網遨遊時才踏進書房。

書房是書的家，若無主人垂青，不過是座長夜孤寂的冷宮。書房曾是人類心靈的堡壘，然而今天獲取知識的管道不只書籍一端，報紙、電視、網路……尤其是網路，真箇是包羅萬象，鉅細靡遺，查詢資料快且便，既解決「書到用時方恨少」的憾恨，又無「書至遷徙真恨多」的懊惱。有朝一日古籍、今作紛紛上網，書房或許得改稱為電腦房。書香不再雖然古意盡失，卻未必是憾事。余秋雨在《文化苦旅》裡敘述的幾則藏書故事真教人心有戚戚。例如締造於明嘉靖年間的天一閣，主人范欽在集書、防火、子孫承傳諸方面可謂用心良苦，意圖面面俱到，結果一棟樓閣的珍版典籍，堂皇巍峨，卻重門深鎖，終年禁錮。書原是讓人捧讀翻閱的，一旦藏諸高閣，又與深宮裡垂幸無期的三千粉黛有何差異？何況古籍遭人覬覦，加上兵燹、天災，范氏歷代為了不負先祖所託，備嘗艱辛勞苦。既享受不到閱讀之樂，藏書樓反成雷鋒塔，將子孫壓得動彈不得。天一閣藏書畢竟存留迄今，尋常人家往往人亡眾書散，何待子孫拋盡？

我自己花在書房的時間就遠不如廚房多。書房自古為男性禁臠，女性不是在閨房裡做女紅，就是在廚房內調羹湯，難怪書香門第出身，丈夫與友人皆為藝文碩彥的二十世紀初葉英國女作家維吉妮亞・吳爾芙，呼籲「擁有自己的書房」為女性之「民權初步」，書房與女性之絕緣可見一斑。今天情勢自然改觀，女性雖未必獨擁書房，卻絕對有同等權利與丈夫分享一家之書房。常常讀到簡宛等女作家在書房內浸淫終日的文章，優閒快意，好不令人生羨。

在下亦是時代女性，亦好讀書寫作，卻因家未空巢，猶有兩隻雛鳥嗷嗷待哺，所以儘管響應婦運號召走入社會，晚上歸家仍然得走進廚房。可嘆廚房一入深似海，非到夜沈不能脫身，然後直奔臥房倒頭便睡，周末假日猶如是，空有書房而常過門不入。於是窮則生變，在廚房別立書架，將部分書籍移置其上，紙筆備於旁，切、燒、洗、刷的空檔讀書、寫作。往往寫到文思澎湃處，爐上燉的湯也正沸騰冒泡。讀一篇精采的文章更是一文三吐脯，屢屢遭小兒打斷，站起來為他們服務，再坐下已忘記看到那兒了。連帶影響到女兒，雖有自己的房間與書桌，她卻喜歡在廚房桌上讀書、寫功課，便於向媽媽求援固是原因之一，近於喝水、吃零食是原因之二，共享廚房中菜香氤氳的親情是原因之三。常常與女兒並坐廚房桌前，各自讀書寫字，靜默裡溫馨蕩漾。自從仰靠電腦寫稿後，獨處書房的時間才多了起來。廚房與書房間有段距離，奔走勞累，加上一部電腦使用者眾，寫興正濃時，兒女頻頻探問何時可讓他們玩電動遊戲或打報告，只有在周六晚等家人都睡了，廚事已了，方可獨據書房，馳騁於寫作世界的無垠草原，背後群書默默，如諍友在側，唯有此時此地，才自擾攘世塵中拾回久失的自我。

能在書房內心無旁騖安享閱讀、寫作之趣的人是天之驕子。然而，對於步調倉皇又不拘形式的現代人來說，讀書不妨隨興：上下班的地鐵、公車上，午休的辦公室裡、洗手間、臥房、廚房、陽臺……皆可一卷在手，神遊其間。書亦不必大事張羅，圖書館既豐盛便利，又無負荷之累，書房備置的應是百讀不厭的經典。如是，時時皆可讀書，處處皆是書房，隨興方享真趣。

教坊猶奏別離歌

四十年來家國，三千里地山河。鳳閣龍樓連霄漢，玉樹瓊枝作煙蘿，幾曾識干戈？
一旦歸為臣虜，沈腰潘鬢銷磨。最是倉皇辭廟日，教坊猶奏別離歌，揮淚對宮娥。

——李煜〈破陣子〉

少時讀這首後主亡國感思，對最後三句印象特深。並非認同東坡譏諷：不慟哭於九廟之外，卻揮淚對宮娥，真乃亡國之君。我倒以為後主「生於深宮之中，長於婦人之手」（王國維語），又兼詞人的多情易感，活脫脫就是現實中的寶玉。寶玉只要一想到與眾丫頭不能終身廝守，就沒情少緒，淚眼汪汪。何況國破被俘，故人再見難期，匆匆辭廟北上的狼狽中，一向笙歌不輟的教坊竟然奏起驪歌，哀傷的曲子，熟悉的樂團，「幾曾識干戈」的深宮才子淚下千斛也就不足為怪。只是，宮中上下倥傯雜沓，人人前途未卜，一團原是調教做為助興添樂的樂手，還有心思款款吹奏起別離歌，不要說我難以理解，後主本身也覺不可思議，否則也就不會以「猶奏」兩字來點出其惑。

一直到前陣子看《鐵達尼號》，演到破船緩緩下沈的最後時刻，四人樂團始終演奏如常，頓然了悟「教坊猶奏別離歌」是何心腸。電影較諸真事頗多憑空杜撰，樂團部分倒是確有其事。船上做此安排，無非希望藉著音樂的力量安撫人心——逃生的鎮定，待死的從容，與甲板另一端牧師帶人祈禱、唱詩歌，功能無分軒輊。對音樂的禮讚還有比此更崇高的嗎？

是的，面對死亡的步步迫近而能專注演奏、聆聽，如此的斯文淡定，簡直與聖徒從容殉道無異。然而，聖徒堅信天主已在雲端張臂接引，此去靈魂不滅；愛樂者對死後的世界未必憧憬嚮往，所以能一曲接一曲地鞠躬盡瘁，全是因為音符的宛轉悠揚，恆常令人卸下仔肩重擔，陶然忘憂於七重天外。服著這樣的迷幻藥走向死亡，地獄又有何懼？

《鐵達尼號》中的樂團在船沈了七八分時一度解散，準備就死。其中一人偏偏留下，大概覺得與其惶惶待斃，不如繼續「作樂」。離去的三樂手因而折回，然後，他們拉奏起奧芬・巴哈的〈冥府裡的奧費厄斯〉(Orpheus in the Underworld)。這首曲子輕快流麗，振揚情緒，卻有一番斷腸傳奇。奧費厄斯是希臘神話裡的豎琴名手，曼妙樂聲每使禽、獸、木、石也隨之起舞。為了拯救死去的妻子，他勇敢深入冥府，以樂聲打動冥王，答應奧費厄斯將妻子帶回陽間，條件是未離冥界前不能回頭看妻子。可惜他還是回了頭，到底功虧一簣。片中安排此曲，莫非意味四位樂手原可逃生去也，雖說救生艇為婦孺優先保留，可是混亂中不乏男士偷得空位，他們這一回頭留下繼續演奏，只有直墜冥府，不得超生？

所有藝術形式中，沒有比音樂更能美化死亡。連宗教的超凡拔世，寄望天國，也必須藉音樂的優雅澄淨，安慰天人遠隔的傷慟。如果抽離西方宗教裡的詩歌、彌撒曲、安魂曲，教堂中唯靠講道開解迷惑，定然缺乏「上達天聽」的雄渾壯麗。神職人員的講道不小心就會讓信徒墜入夢鄉，宗教樂曲卻連非信徒都會震撼銘感。一曲清音勝過千言萬語，又無國界之分，對於所有的音樂家，世人欠下的實是難報於萬分之一的恩情。

然而，音樂家卻是寂寞的。且不說流芳樂史的眾多作曲家，巴哈、莫札特、貝多芬、舒曼、舒伯特、比才……，不是窮愁以終，就是精神錯亂，盛年早逝的信手拈來就是一串；成千上萬沒沒無名的作曲家、樂手、歌者，生活非但清貧，而且「疾沒世而名不稱」，一生懷才不遇。更難堪的是社會地位低賤，莫札特當年隨雇主薩爾斯堡大主教出遠門，就是與僕役群同吃共眠。瑪麗亞・特麗莎皇后認為「作曲家是沒用的人」，以「彷彿乞丐一樣地到處流竄」來形容莫札特的巡迴演奏。可是，一切的屈辱、匱乏，都比不上知音難覓的悲涼。當《鐵達尼號》中的樂團以燃燒的生命照亮黃泉路時，又有誰收拾亂緒，靜下心來駐足傾聽？沒有，我們看到的是一甲板的哭嚎驚叫，步履紛沓。其實，這些寂寞的樂手早就習慣沒有掌聲，沒有禮敬的日復一日。他們說：「沒人聽無所謂，人家用餐時我等演奏不是也沒人留意嗎？」

功成名就的音樂家在豪華的音樂廳演奏，愛樂者花費不貲，衣冠楚楚地登堂聆聽；演奏時臺上臺下全神貫注，曲罷掌聲如雷，謝幕欲罷不能，這是世間第一等幸運的音樂家。然而絕大多數的樂手，為稻粱計只能於嘈雜的酒館、餐廳、街頭、地鐵站演奏，又有幾人留心傾聽呢？對於他們，我總是於曲罷毫不害羞地拚命鼓掌，孤獨的掌聲在四周的喧囂中尤顯清寒，每每惹來他人談話中斷拋過來的怪罪眼神，和樂手驚異卻欣喜的頷首。我只想告訴他們，對於他們的心血，囂囂紅塵裡有人care。

所以，這廂「教坊猶奏別離歌」，僅是因為詞拙的樂手，不知如何疼惜由國君貶為臣虜的故主，只好以最擅長的技能奏出世間最美的語言，宛轉獻上安慰與祝禱；那廂世態炎涼下樂聲入耳，尤覺百感交集，不禁放下身段，情發於中地「揮淚對宮娥」。原來音樂激揚起的真情至性，竟是不分中外古今的。

祝我生日快樂

珍妮穿著一襲洋裝走進辦公室，藍底鋪滿了綠白小花，大圓裙折出層層波濤，行進間像鼓浪破風的小艇，在加勒比海的晴空下，與海鷗追逐嬉戲。

「好漂亮的新裝！」此起彼落的讚美聲中，珍妮得意地轉了個迴旋，撩起一屋流竄的光影。

「安祖送的生日禮物。」她甜滋滋地笑著。

安祖是珍妮的至愛，辦公桌上擺著好幾張他的照片。挺帥的小伙子，麥色的皮膚襯得牙齒特別白亮，笑容裡透著觸人心弦的憨氣。可是，他只有三歲多，哪來的錢給母親買漂亮的洋裝？

「我替安祖寫了張欠條，投入他的豬寶寶肚中。嘿嘿，等他有朝一日賺了錢，再跟他一一算帳。」

哄堂大笑中，誰不為珍妮的幽默絕倒？其實，這是一個境遇堪憐的女子。丈夫極不上進，好不容易辦妥離婚手續，卻赫然發現懷了身孕。前夫不待骨肉墜地又以癌症過世，從此備嘗單親生涯的酸苦，為育兒與工作忙得心力交瘁。然而，拉丁美洲人的樂觀、浪漫總讓她活得興致盎然。她永遠打扮光鮮，對第二春充滿了憧憬，更是辦公室裡的開心果。她令我想起另一個女子。

第一次見到瑪麗，驚訝一個人竟能披掛世間百色。藍的眼影、褐的眉線、桃的腮紅、紫的唇膏，身上則是一襲芒果黃的套裝，足蹬米色高跟鞋，配上紅色頭髮、蜜色笑容，好熱鬧的一個人！分屬不同單位，唯一見面的場合是女廁所，她總是熱絡地與人寒暄。這般地知交滿天下，生活必是多「彩」多姿。後來才知道她一直沒有結婚，和癱瘓的母親相依為命。白天家裡有看護，晚上與周末就靠她一人服侍病榻，日復日，年復年。

有天一大早，她捧著大盤小餅乾逐桌派送。五顏六色、形狀各殊，奶油、核果、葡萄乾點綴其上，是她一個晚上的心血。「因為，今天是我生日。」瑪麗說。

張愛玲在《半生緣》裡寫道：「中年以後的人常有這種寂寞之感，覺得睜開眼來，全是倚靠他的人，而沒有一個人是可以倚靠的，連一個可以商量商量的人都沒有。」珍妮與瑪麗正是這樣的中年人，隨著時代演變，大家庭瓦解、婚姻觀異化，這族人口將日發膨脹。缺人疼、少人愛，何妨自己多愛自己一些。在生活裡製造幾許幽默，加添繽紛色彩，主動與人分享歡樂，更別忘記生日時，對自己大聲唱一曲：「祝我生日快樂！」

新年快樂

孩子小的時候，我曾毛遂自薦去美國學校介紹中國年俗，因而自中華民國駐外單位借到一卷年俗影帶。影片的女主角是白髮奶奶——鵝媽媽趙麗蓮，以道地的英語向環繞身畔的四、五位洋小孩解釋年俗。首先她指著棉襖上的刺繡，一一講解象徵之意：白鶴兆長壽，牡丹意富貴 (lots and lots of money)……然後拍到街上熙來攘往的人潮和購置的年貨，年貨自然也有好的口彩，譬如金桔代表金錢，蘋果代表平安。後來拍到祭祖的供物，又將金桔與金錢的聯想重複一遍。年夜飯吃的餃子狀如元寶，裡面可以暗藏金錢，吃到的人新年必然財運亨通。大年初一，人們彼此互道「恭喜發財」(May you make a lot of money!) 新年上廟裡燒香，財神爺尊前香火特盛，人人爭相許願。年初二歸寧，娘家招待的果品中自然也不缺象徵金錢的乾果糖點。

這卷影帶製作用心，畫面鮮麗，鋪陳活潑妙趣，看得老美師生津津有味。但是，一旁的我卻是越看越羞愧。天啊！短短的二十分鐘，竟然七處提到錢，而且還說是好多好多錢！洋老師心裡是否納悶：「中國人怎麼恁地愛錢？」

後來讀《半生緣》，知道張愛玲倒是如此認為：「世鈞笑道：『過年吃蛤蜊，大概也算是一種好口彩——算是元寶。』叔惠道：『蛤蜊也是元寶，芋艿也是元寶，餃子蛋餃都是元寶，連青果同茶葉蛋都算是元寶，我說我們中國人真是財迷心竅，眼睛裡看出來，什麼東西都像元寶。』」許鞍華改編成電影後，這段對話依舊保留，但將「我們中國人」改「有些人」，想來許的電影常為參加國際影展而攝，不能不顧洋人想法。

洋人似乎沒有清高與俗氣的觀念，然而，對於一個人滿腦子想發財，英文稱其服膺 Materialism（物質主義）。即使在高舉資本主義大纛的美國社會，這也是一個相當負面的詞彙。曾經見過某中國人以雅癖沾沾自許，殊不知雅癖一詞不無貶意，與缺乏社會關懷，唯重物質享受幾乎劃上等號。在歐美國家求財取富，本是天經地義之事，但是滿腦子只有金錢的人，還是遭社會鄙夷。細究西方的節慶，無論食物、裝飾、賀詞，不是宗教意味濃厚，就是強調季節色彩，或者輕鬆逗趣，雖然近數十年來，各節慶受到商家推波助瀾，商業氣習擾人，倒還不至於眼中望出、口中嚼著、彼此互賀——盡是金錢、金錢、金錢。

中國年濃郁的發財嚮往，自然有其歷史因素。數千年的歷史長河裡，由於政治制度、生產形態、戰亂天災，真正海晏河清、物阜民豐的日子實在少得可憐，原是舉世多有的現象，尤以神州為烈。所謂「年年難過年年過」，堪稱廣大平民階級的無奈心聲。老舍在《駱駝祥子》中描寫北京下層民眾的捉襟見肘，有些閨女窮得連褲子都穿不起，上個茅房必須待四顧無人時飛奔而去，或許過於極端；不過昔人物質生活困窳下，過年時貼幾張招財進寶紅紙，吃一些形、音如同元寶的食物，大家喝嚷「恭喜發財」，何嘗沒有「否極泰來、冬盡春回」的心理建設意義？

然而今天的港臺美加，甚至大陸的部分城市，民生普遍富裕下，華人的新年期盼仍然只停留於招財進寶的層面，就顯得品味鄙陋，精神貧乏。事實上不僅在過年時節，尋常日子似乎人人念茲在茲的，除了發財，還是發財。前些日子在一家中國禮品店看到出售水養的翠竹，玲瓏碧綠，風致清雅，卻有個極其市儈的名字——「富貴竹」。中國人素稱竹為君子，凌霜傲雪、中空有節，幾曾與富貴沾上邊？想來叫了「君子竹」便乏人問津，君子固窮嘛！一家大書店則舉辦「發財樹」展覽，你若覺突兀，看看熱賣架上的投資理財、算命星相「實用書」，與另一邊蒙上厚塵的文史書，也就瞭解「書中自有黃金屋，書店熱賣發財樹」的時代詮釋。

只是，上下交征利國之大害，並非過時的迂腐古訓。華人社會的官商勾結、冷漠公益、低俗文化充斥，稱為「物質上的巨人，精神上的侏儒」毫不為過。擁有大量金錢，精神層面依舊低下，則金錢何用？等而下之的為錢弒親、綁票撕票、販賣致命假酒，更令人人惶惶終日。現代人過節，「恭喜發財」仍是合宜的祝禱嗎？

另一方面，過節而想到忠孝仁義、國家民族，未免失之沈重。中國人似乎於此也情有獨鍾，諸如「元元浴德春如海，旦旦懷忠氣似虹」，「薄海共傳文化盛，收京重視歲華新」，或可說是對滿街的「生意興隆通四海，財源茂盛達三江」的特意反動對應。資訊發達的今天，憂國憂民倒也不在一時一節；終年操心勞碌，新年之始，何妨放鬆一下，享受一下。這點我很欣賞洋人無論過什麼年節或生日，皆以「快樂」(Happy or Merry) 祝禱。快樂兩字詞簡意深，可寬可窄，端視個人價值觀而定。平安健康是快樂，闔府團聚是快樂，事業騰達、情場得意是快樂，粗茶淡飯、俯仰無愧，甚至兩岸關係有突破性進展都能替某些人帶來快樂，實在比「恭喜發財」圓融通達而不落俗氣。何況，一個人能以快樂自期，發財與否又何足掛慮？

解語何妨話片時

「聽我說，朋友——你知道，我兒子死了……你聽見了嗎？就是這個星期，在醫院裡……說來話長。」

艾歐納探身察看，想知道他的話對聽者產生何種影響——但他啥也沒見著。年輕人將臉深埋入被中，已然沈睡如豬。

一個晚上，艾歐納三次企圖對人傾吐胸中塊壘。第一次，他的馬車載著衣冠楚楚的軍官。艾歐納好不容易找到機會一訴來龍去脈，他激動地將身體旋轉過去，準備面對顧客款款細說。「快坐正，你這樣駕車，我明天才可到達。快點，快點！」艾歐納只有將辛酸吞嚥下肚。

第二次，馬車載著三個嘻笑打鬧的年輕人。艾歐納覷著機會，趁他們喧嘩稍歇的空檔開口傾吐：「我兒子……這星期死了。」「人都會死。快駕車吧！」年輕人毫無聆聽的興致，粗魯地打斷了老人的話頭。

意興闌珊的老人於是早早回到馬車夫雜居的大通舖，也許，在同是天涯低賤人的場合，他可以尋到相濡以沫的一份貼心。當他看到一個年輕馬車夫爬起拿水喝時，傾吐的願望再度熾熱燃起。誰知那年輕人竟以鼾睡回報！

情何以堪！情何以堪！馬車夫艾歐納只有踽踽走向馬廄，對著他的小馬兒，一五一十地流瀉胸中的傷慟。

契珂夫(Anton Chekhov)在小說《悼念》(*The Lament*)中如是描寫馬車夫艾歐納的悲哀：

「假若他的心裂開，傷痛泉湧而出，足以氾濫整個地球，可是沒有人見到這點。傷痛努力地掩藏在一個微賤的軀殼裡，即使大白天又擎著火炬，也無人見及。」

是長年的冰天雪地凍硬了蘇俄人心地的柔軟嗎？相形之下，魯迅嗤之以鼻的中國人性便顯得溫暖多了。〈祝福〉裡寫祥林嫂對人嘆怨孩子被狼吃了，起初也賺得不少同情的眼淚。然而，一味沈浸於訴苦的宣洩快感中，祥林嫂終於成為村人或逃避、或訕笑的目標。

果真如契珂夫所描繪：人微言賤，因此交心難，難於上青天？時至今日，又是一種炎涼。且看心懷鬼胎的崔普如何佈下陷阱，步步引誘少不更事的李文斯基跌進機關。這廂備好錄音機緩緩流轉，那廂對知己毫不設防地娓娓傾訴。戴安娜王妃纏綿床第之際，哪會想到情話私語日後一一被情人著書立說，公諸於世？親密投緣，竟是政爭臺上的紅綠籌碼，發財致富的青雲攀梯。西方人原就注重隱私，人人活得像座老死互不通航的孤島。可憐權貴富豪，見到暢銷書架上繽紛琳琅的內幕秘聞，從此更噤若寒蟬，不敢對人推心置腹。難怪心理醫生賺到缽滿盆滿，多少人情願付鐘點費發洩煩惱，而不願讓免費的聆聽者將來以此發財。

雖然有人因此與心理醫生談起戀愛，不過，對著以時收費，而且收費不貲的專業人士傾訴貪瞋癡怨，總是缺乏與朋友輕攏慢撚心弦，相互應答唱和的溫馨感應。節省人士更感覺到每吐出一句，荷包裡就少一塊錢，心情或許更為鬱卒。

一位朋友最近遭遇折難，夜夜輾轉反側。心裡的千斤重擔急須卸下。然而知己何在？驀然回首，驚悚了悟過去的半百歲月一逕活在金錢、意氣的爭逐中，不曾對人付出關愛，到如今千般悔怨更與何人訴說？他只有向心理醫生求援，聽些不痛不癢的建議，拿了一堆藥劑回家，分量越服越重，思緒卻依然紊亂膠著。

《紅樓夢》第三十八回寫寶玉等競詠菊花詩。林黛玉的〈問菊〉如是云：

欲訊秋情眾莫知，喃喃負手叩東籬：
孤標傲世偕誰隱？一樣花開為底遲？
圃露庭霜何寂寞？雁歸蛩病可相思？
莫言舉世無談者，解語何妨話片時。

整首詩以緊密無隙的一疊連四問點出秋殘花盡，唯見菊黃傲霜的清冷。雖曰問菊，實則自傷身世。大觀園群芳如雲，若論孤標傲世，黛玉當拔頭籌。但是，如此冰雪似的心靈，遁世尚問偕誰隱，可見人性都是渴望知己。歸隱林泉，觀魚賞鹿，大自然縱有萬種風情，總是默默無言。若有靈犀相通者長伴左右，時而笑談，時而對弈，舉杯共飲，執手相看，這樣的歸隱豈不令清風明日更溫柔可喜？

對於絕大多數的庸碌眾生而言，歸隱遁世只是一個「心雖嚮往，然不能至」的桃源夢境。不過，浮沈俗事的日復一日中，若有能夠分憂解悶的三兩好友，世路的顛躓崎嶇又何足懼？「莫言舉世無談者，解語何妨話片時。」滔滔亂世而能尋到解語伴侶，話片時而鬱壘盡去，當是世間看似平凡，卻不見得人人都能擁有的最大福氣。

攻堅強者莫之能勝

只要能夠提出血統淵源，海外的猶太青少年一生可以享受一次免費的祖國之旅。往返機票與十天的食宿，全由以色列政府及民間機構招待。慷慨解囊的背後，實有以色列的重重心事。數十年來，異族通婚頻仍，純種猶太人日益減少，異族結晶的新生代對於原鄉歸屬、文化傳承每多冷漠之輩。長久以往，不啻猶太族的另類滅族危機，於是有尋根之旅的規劃。

上班途中由收音機聽到這則新聞，不禁想起以色列人的層層歷練，似乎永無盡期。這個自稱上帝選民的種族，也曾締造古文明的炫世光華。然而不能游離人類勇於內鬥的宿命，於紀元前七百二十一年亡於亞述人。爾後兩千多年萍飄各地，浪跡天涯。風雨傾狂下，一逕不改先人訓念，堅持文化薪遞。因此不能與異族水乳交融，受盡欺凌歧害；也因此得以延續民族命脈，於亡國兩千六百六十九年後復國於故土，創造歷史上最不可能的奇蹟。

雖然復國後始終受到鄰國仇視，烽煙屢起，以色列總算在群敵環伺下逐漸成長茁壯。不能回歸故土的猶太人，也憑藉對於納粹德國鍥而不捨地控訴、爭取權益的果敢，和近世普及的民權觀念，獲得旅居國家的尊重待遇。不料人世弔詭也正在此。今天的猶太人被他族平等待之，彼此愛之，竟然於劍拔弩張不再下漸次失去文化歸屬感，民族絕續面臨史所未有的危機。看不見，摸不到的愛，力量如此所向披靡，遠勝刀槍砲劍、瓦斯毒氣，正是《道德經》所說的：「天下莫柔弱於水，而攻堅強者莫之能勝。以其無以易之。弱之勝強，柔之勝剛。」

其實，世人早該從猶太人的中國經歷裡洞見天理。猶太人寄居各地，千百年來與地主國壁壘分明，兩不相融，唯有進入中國後，受到尊重友遇，日久天長竟與中國人通婚通好。如今的開封尚有猶太後裔，無論外觀、內思，俱與中國人難加區別。對於祖訓、家承，多半不甚明瞭。原來，猶太人是宗教掛帥的民族，由此衍生的其他宗教也秉持一神信念，彼此互斥離經叛教。猶太教與基督教為了彌賽亞（救世主）的真命現身，兩千年來怒目以對。這些仇視紛擾到了宗教容忍度奇大的中國，徒顯庸人自擾。你敬你的神，我拜我的佛，相重互敬裡不覺交融為共同體。

此所以美國本清教徒的開國背景，肇基之始竟強調政教分離的必要。此所以美國能以「民族大熔爐」理念號召四方來歸，成就百川匯海的泱泱巨度。但是，眾生平等畢竟因著種族本位而屢屢流於空論，各色人種間時有明槍放射，暗潮洶湧。近年常聽到白種人譏評亞裔、西語裔移民的戀戀故國文化，視為遲遲不願融入主流的抗拒。在大洋彼端的臺灣，番薯和芋頭誰才真愛寶島，更是政客永不厭倦的炒作話題。印尼島上的排華暴行、中東與北愛爾蘭的宗教對立、巴爾幹半島上的種族屠殺……互相傷害下，自己又得到多少祥和喜樂？

猶太人尋根之旅這則新聞，對於陷溺於種族鬥爭泥淖不能自拔的庸人實是當頭棒喝。種族間的差異豈是拳頭、惡語可以消弭於萬一？聲大氣粗、人多勢眾，或能壓迫異族於一時，埋下的仇恨種子他日必結苦惡的果實。唯有雲淡風清、不著痕跡的愛與寬容，如晴空麗日，無形中溶化積雪，汩汩細流。

當永別的一日到來

鄭莊公出生時腳先出來，讓母親武姜受到驚嚇，因此厭惡他，偏愛次子共叔段。武姜屢次要求丈夫鄭武公立共叔段為太子，鄭武公都不答應。莊公即位後，武姜仍然再三縱容次子擴權、爭地。莊公為了母親，也一再忍讓。終於，驕縱的共叔段準備偷襲鄭國，母親竟打算開城作內應。忍無可忍的莊公只好派兵討伐。共叔段兵敗逃逸，餘怒未消的莊公將母親發落到城潁，並且發誓說：「不到黃泉，不再相見。」

莊公旋即後悔話說得太絕，但又找不著下臺階。於是，潁考叔建議掘地見泉，母子在地道中相見。《左傳》記載這段母子恩怨，結局頗為溫馨有趣。莊公走入地道，賦詩說：「大地道中，其樂融融。」武姜走出地道，也賦詩說：「大地道外，心情愉快。」母子遂一樂泯恩仇。

人生的種種離散分飛，也許從此隔若參、商兩星，聚首難期；也許情分已盡，相見爭如不見；然而彼此只要一息尚存，難說有意無意間，硬是有天涯重逢的一日。唯有當我們看著親人、朋友走向黃泉路，心底縱有千百個依戀難捨，嘴裡卻吐不出一句再見。只因為我們深知，揮手自茲去，一生的情緣交契，也就從此戛然而止。從此，伊人之音容笑貌，何處再見？何日再見？何由再見？死別的絕望，教人痛徹心肺之下，不覺間悠悠升起寄幻。林覺民在與妻訣別信裡說，昔日不信鬼神，赴死前卻盼望確有其事，好讓人鬼相伴。各民族的宗教，所依藉以安慰信眾的，無非是世緣後續的各色承諾。基督教的天堂、末世審判，佛教的輪迴、極樂世界，都讓臨終的病人與親友視死別為生離，化絕望為盼望，執手相慰：「後會有期了！」

科學的昌盛，並未帶來生命的無限延長。貧、富、愚、智，今日的人類，仍然無法游離死別的宿命。近年蔚為風潮的新紀元 (New Age) 思維，篤信靈魂不滅、轉世輪迴，不知是對科學否定靈異的反彈，還是藉科學驗證落實靈異之玄奧？美國心理醫師柏瑞安・魏思 (Brian Weiss) 在他的兩本暢銷書《前世今生》與《生命輪迴》裡舉出一連串人士在被催眠後，眼見前世歷歷的案例。前世之說與他的猶太裔背景了無淵源，但是從催眠者的敘述，魏思醫生一再看到敘者與其親友間彷彿有一線相繫，角色或許互換，恩怨或許倒置，國度或許東西遙隔，生生世世卻糾纏一處。人世便如一場場瑰麗詭豔的化妝舞會，一臺臺聲光流彩的絕妙好戲，每一次的卸妝，每一晚的謝幕，都因為下一回的粉墨登場，而不需為曲終人散黯然銷魂。那些失去親友而愁眉深鎖的躁鬱症患者，因此有走完人生餘路的氣力。

然而，對於許多人來說，每一世的道別，預約的並不是下一世的再見。希臘神話裡玩奏樂器出神入化的奧費厄斯，以絕美的樂音感動冥王、冥后，讓他帶妻子回到陽間，唯一的條件是離開冥府前不准回顧身後的妻子。由於妻子的幽靈不能發聲，他走著走著不禁起疑，忍不住轉頭去看，只見妻子綽約的身影剎時化做一縷青煙，幽怨的眼神猶自低徊不捨。一旦陰陽相隔，再回頭是永遠的不可能。所有再見的期盼，莫非都是冥王虛枉的承諾？

於是，哲學家的淩越為死別提供曠達的視角。莊子喪妻，鼓盆而歌，或許予人無情印象；但是，對於自身的後事，他交待的也是同樣的疏放。以天地為棺槨，回歸廣袤的蒼宇，讓再見與否的牽掛，隨曠野清風杳杳飄散。

如果你嫌莊子過於清冷超淩，或許會喜歡威廉・華茲華斯（William Wordsworth）的一首詩〈我們七個〉（We Are Seven）。詩人問一個鄉間小女孩有幾個兄弟姐妹，她說七個。問他們在哪兒，她說：「兩個住在康威鎮，兩個出海去了，兩個躺在教堂的園子裡。」詩人說：「兩個住在康威鎮，兩個出海去了，妳卻說手足七人。請妳告訴我，甜妞，這怎麼說呢？」儘管詩人再三苦苦追問，小女孩仍舊堅持，不多不少，他們是手足七人。她娓娓訴說小哥、小姊如何病亡，被抬到教堂園中安葬。但是，她與母親就住在十二步外，天天在旁邊幹活、玩耍。頑固的詩人仍不死心，直接了當地對她說：「他們死了，在天堂裡。」小女孩還是堅持：「不，我們是手足七人。」這一大一小，究竟誰更具慧心睿智，或可由華茲華斯的一句名言見端倪——「兒童是成人的父親」。在小女孩澄澈如山澗的心靈中，一日為手足，終身為手足的血緣親情，絕非死亡能夠割斷；咫尺相伴，天國就在眼前，從來就不曾分離。

如果你早已失去了童心，無法透視死亡的關山橫阻，相期邈雲漢，或許亞柏特・羅斯維爾（Albert Rowswell）的訣別詩能在你心深處，燃起一把溫暖的火焰：

萬一你先走

萬一你先走，而我留在途中踽踽獨行
我會在回憶的花園裡，卿卿
與我們共知的歡樂時光同住
春天，我看著玫瑰艷紅
紫藍的丁香凋落
初秋，當褐色的樹葉呼喚
我將瞥見你的身影

萬一你先走，而我留下來打當打的仗
你沿途曾經碰觸過的
都將神聖生輝
我將聽到你的聲音，看到你的笑容
也許我在黑暗中摸索
回憶裡你扶持的手
必以希望將我托起

萬一你先走，而我留下來完成卷軸
不會有冗長的陰影介入
令生命荒謬
我倆熟知多少歡樂
曾經擁有喜悅的杯盞
回憶是上帝的一項恩賜
死亡無法毀滅

萬一你先走，而我留下來
僅有一事相求
在那漫長孤獨路上且慢走
因為不久我將追隨
我想知道你的每一腳蹤
好循跡而行
因為有一天，在彼寂寞道上
你將聽到我呼喚你的名字

全詩的深情，尤其最後一段，恆常令我垂淚。黃泉道上或許再見無期，這是人生最大的無奈。然而，珍惜共處的時光，就是為回憶的花園栽下繁花異草。當永別的一日到來，還有一片四時錦繡讓我們日日重逢，並肩徜徉。

水冷嗎？

以抬頭蛙式兩次游過她的腳前。第一次她對我嫣然一笑，游過五十公尺的一圈再度面對伊人，她的笑容裡帶著尷尬。「水冷嗎？」她問。

我了解她的感受。常見這樣的人，坐在池畔，兩腳在水裡撥弄著，可以耗上一陣子，就是不敢跳進池中，只因為受不了水寒刺骨的一剎那。然而，冷水如鞭，正策勵我勇往直前，五十公尺最艱辛，不敢猶豫反顧，就怕一踟躕，另一頭的溫水漩渦浴池就把魂魄肉身全給勾引了過去。一百公尺後漸入佳境，水溫似柔荑輕撫慢弄，但覺水我交融，舒暢酣快。水溫始終未變，一逕維持著華氏八十四度，變的是感受，變的是身體內在的發熱。

有鏟雪經驗的人都有過這樣的體會：從頭到腳包得密密實實地出門，風寒賽刀，鋒鋒刮面；然而，鏟過幾十分鐘的雪，汗出如漿，只好一件一件地脫下衣服，最後穿著一襲春衫與白雪奮鬥。氣溫始終未變，一逕維持著冰點上下，變的是感受，變的是身體內在的發熱。

人常感嘆外在環境險惡，充滿無力回天的沮喪無奈。殊不知向內尋求發光發熱，雖不能變動環境，卻可以開啟另一角度的視窗，窺得美麗新世界。同樣是來美依親，晚境失根的老年移民，有人悲嗟哀嘆，懷念故國，罵兒怨女，但覺異鄉歲月清冷難耐，度日如年；有人則忙著交朋結友，學藝習技，尋幽訪勝，唯嘆一身不能兩用，時間不夠支配。從貧民區車馳而過，見人呆坐門前階梯發楞，常想此輩為何一任如金歲月自手縫溜逝，而不去讀書、習技，甚或打工？同樣出身微賤，有人終生沈淪，有人破繭而出，青雲直上，關鍵何在？全在是否尋求自身的發光發熱！

四肢不斷的運動可以改變水溫的觸覺，心靈上無休止的求知充實，何嘗不能化環境的冰冷淡漠為春風拂雨。水冷嗎？水不冷！

相惜的謫仙

父母恩情，山高海深；手足親密，水乳交融；男女愛戀，更直教死生相許。然而，在人間諸愛裡，最令我震撼感動的，卻是朋友相知、相契、相偕、相護的一份大愛。只因為，父母與手足之情出於血緣，乃是人性的自然流露；男女愛戀，總有情慾糾結，肌膚之親；兩個素無淵源的陌生人，偶然相遇，交談之下大為投契，從此結為莫逆，既無猜忌之隙，也無利用之心，共處時不做名利爭逐，而是優游於共同的興趣中渾然忘我，這是何等讓人嚮往的神仙境界！可惜，這種精神上的昇華幾乎是反人性的，沒有血緣相繫，情慾相融，友情脆弱得絕不起誘惑考驗。於是，自古為朋友兩肋插刀的少，對朋友兩面三刀，見利捨義的倒是屢見不鮮。

這裡且獻上中外文藝史上兩段晶瑩高潔的友誼佳話，給天下看重朋友高義的有情人。

天寶三年（西元七四四年），中國最偉大的兩位詩人邂逅於洛陽。彼時李白已是詩名動天下。曾經奉詔入宮，一首〈清平調〉才驚天子。但是，恃才傲物的李白不屑曲意逢迎，因而得罪高力士，不見容於楊貴妃，只得離開長安，漫遊江湖。杜甫卻是一介寒士，比李白年輕十一歲。年齡、名氣、身分的差異並沒有造成兩人間的隔閡，彼此一見如故，互為對方的才華傾心，遂攜手同遊天下達一年之久。爾後，安史戰亂，宦途乖蹇諸般因素，兩人迄死再無見面機會。可是，杜甫對李白的思掛牽懷並不與日俱淡。杜集中有十多首詩為李白而作，尤其以〈夢李白〉兩首最讓人潸然下淚。當時李白受政爭牽累流放夜郎（今貴州），久無音信，杜甫為老友的安危憂慮不已，積思成夢，三夜連夢李白。始則欣喜夢中故人來訪，既則憂念關山險阻，莫非斯人魂魄？納悶李白已不堪瘴癘摧折葬身異地。即是如此，仍諄諄叮囑歸途小心。最後，更為李白空懷曠世奇才卻憔悴京華，流離失意終老蠻荒，發出沈痛不平的喟嘆。

一千年後，在西方的音樂之都維也納，也發生了一段天才間相親相惜的刻骨銘心情誼。海頓比莫札特年長二十四歲，是當代盛名遠播的大作曲家。神童莫札特視其為偶像，青少年時期的作品刻意模仿海氏風格。西元一七八一年，二十五歲的莫札特前往維也納求發展，在那裡遇見久仰的海頓，彼此欣賞推崇對方的才情，以後過從甚密。兩人經常一起演奏新曲自娛，海頓特別喜愛莫札特的出神入化演奏技巧，盡可能參加莫札特的每一場音樂會。

事實上，兩人不僅年齡懸殊，性格與處境也迥然不同。海頓溫和圓熟，莫札特磊落率真。海頓有幸受識才的貴族供養，生活優渥，莫札特卻無固定職位，窮愁拮据。然則，海頓清楚明白，莫札特的資質乃是史所罕見，日後的樂史地位遠在自己之上，但他毫無排擠打壓之心。而四處碰壁，以債養債的莫札特，對於海頓的幸遇明主也毫無妒嫉眼紅之意。且看兩人交往中的幾則小事便知。

其一，莫札特從海頓學到弦樂四重奏的作曲技巧，回報之道就是將六首此類作品獻給海頓。在卷首他如此寫：「謹以父親的心情把孩子們（作品）託付在一個名望良好的摯友手中……」莫札特成年以後，作品漸脫海頓色彩，自成曲風，反倒是海頓晚年作品有濃厚的莫札特風格。

其二，海頓曾對莫札特的父親說：「在上帝之前，我真誠地告訴你，令郎是我耳聞與眼見的作曲家中最偉大的。」莫札特逝世後，海頓曾謂：「他的歷史評價在我之上。」有人說，莫札特若是音樂史上的耶穌基督，海頓就是為其開路的施洗者約翰，海氏自有其舉足輕重的定位。

其三，莫札特的歌劇《唐喬凡尼》在維也納上演反應欠佳，觀眾不喜歡他將悲喜劇融於一體的創新。有人詢問海頓意見，向來圓熟世故的海頓忍不住嘆道：「我希望有能力讓每一個愛樂者，尤其是王公貴冑，深切明瞭莫札特的作品是多麼超群不凡。假使他們具有像我一般的音樂敏感與素養，國與國，城與城，必定互相爭戰以期擁有如此一塊人間瑰寶……令我憤怒的是，曠世奇才莫札特竟然難以找到一份宮廷差事。」另有一種說法，莫札特的《費加洛婚禮》造成布拉格滿城傳唱的披靡盛況時，布拉格劇院正邀請海頓創作新劇，海頓以珠玉在前，自慚形穢婉辭，並發出上述的感歎。無論出於何種情況，對世人糟蹋天才的愚昧懵懂，海頓胸中的傷痛悲憤不正像杜甫對李白的不平之鳴「敏捷詩千首，飄零酒一杯」、「世人皆欲殺，吾意獨憐才」嗎？

原來，所謂「文人相輕」、「同行相妒」，竟都是小眉小眼的庸才把戲。當一個人的才華高蹈到瓊樓玉宇不勝寒的境界，格外感到知音難求的寂寥，一旦遇到才情相當的友朋，只有狂喜珍重寶貝，何來妒嫉排擠競爭？只因為，他們原都是下凡歷劫的謫仙，受盡世人鄙狹魯鈍之苦，唯有相濡以沫地憐惜互慰。

「李杜文章在，光芒萬丈長」，李白與杜甫無疑是中國詩壇最璀璨的兩顆星子；莫札特是樂壇普遍認為古今最偉大的作曲家；有「交響樂之父」美稱的海頓，則是古典樂時期❶曲風的開山宗師，聲譽崇榮。四人中除了海頓，皆顛沛困阨，窮愁以終，真箇是「千秋萬歲名，寂寞身後事。」生前可堪告慰的，大概只有那份相知相惜的謫仙情了。

才具庸碌的凡夫俗子們，莫待千秋，百年之後即名隨身滅，眼下又有什麼可爭的？

❶ 今人所謂的古典音樂可分三段時期：巴洛克時期、古典樂時期、浪漫時期。

神性與人性之外

雖然在海軍服役，戰艦停泊的港口與家不過數十哩之遙。這天收到家裡傳話，妻子臨盆在即，於是取得長官同意，帶著袍澤的熱烈祝福，載欣載奔地離開戰艦。當時絕沒想到，他與戰艦亞利桑納號及其艦上的一千五百名同袍自此天人永隔。

第二天，一九四一年十二月七日清晨，夏威夷諸島正沈睡於星期日的慵懶中，蔚藍如洗的晴空突然浮現點點黑影。一會功夫，黑點逐漸擴大，夾著悶雷似的轟隆聲劃過天際，等到艦上官兵認出來者不善時，珍珠港的上空已經被一百八十架日本戰機遮蔽得風雲變色。炸彈、魚雷冰雹般紛紛墮落。從七點五十五分到九點四十五分的兩個鐘頭內，美國官兵死兩千四百零三人，傷一千一百七十八人，炸沈的戰艦三艘，嚴重受創的五艘……七艘戰艦後來都經修護，重新為國效力。只有亞利桑納號攔腰爆炸，永沈海底；艦上的一千五百名官兵無一倖免，屍骨轉瞬化灰。

五十一年後，他在港邊矗立的紀念館前向遊客追述這段往事，滿頭的白髮在夏威夷溫柔的微風裡翻飛。不知道他姓啥名誰，姑且稱為約翰吧。

這年，美國經濟狀況不佳，大小公司紛紛裁員、縮編。我們八月遊歷夏威夷時，最能感到這股蕭瑟。夏威夷素為美國人心目中的度假天堂，經濟寒風中美國本土遊客只有望洋止步。除了歐胡島還有大都會的車水馬龍，幾個外島一派門前冷落車馬稀的幽清。一片淡風中，唯靠一團團的日本、臺灣、香港觀光客支撐人氣。彼時日本泡沫經濟雖然窘相已露，但與歐美諸國相比，情況相當不錯。於是乎，滿街的日本觀光客及日文市招、解說文字，加上日裔居民為當地最大族，日本人陶醉於夏威夷的蕉風椰影，很難不泛起國強民富的優越感。然而，探訪珍珠港卻讓日本人左右為難。

不去嘛，如此名聞遐邇的歷史名勝豈能忍心過門不入？去吧，又讓日本人的民族自尊受到挫傷。首先，遊客必須在港邊的紀念館看一部黑白紀錄片，反映當年日本人如何在朝鮮、中國、東南亞開啟戰端，受到美國石油、鐵砂禁運制裁，鋌而走險下竟然鬼鬼祟祟地偷襲珍珠港。當紀錄片拍到天真無戒心的美國大兵，前一天還輕鬆愉快地在戰艦上談笑，第二天竟死於措手不及的攻擊，美國觀眾唏噓聲此起彼落，日本人真感如坐針氈。然後，遊艇將看完紀錄片的遊客送到沈船亞利桑納號上架構的紀念碑內，俯瞰碧海冤魂，日本人更如芒刺在背。從小，讀的歷史教科書就告訴他們，當年日本發起東亞戰爭，原是為了拯救亞洲人脫離西方帝國主義的蹂躪，是一場宗旨崇高、師出有名的聖戰。向美帝宣戰即是正義呼聲。反而是美國人於廣島、長崎投下原子彈，手段殘忍暴虐，必須一而再、再而三地向世人控訴，讓美國人永遠良心不安，思謀對日本做無盡的補償。當他們在珍珠港看到另一種說詞，日本由悲情的受害人搖身一變為罪有應得的挑釁者，又夾在哭紅鼻子的老美間，那份尷尬不言可喻。

約翰了解美、日遊客的感受：「事發後幾十年，逃過一劫的我每想起慘死的哥兒們，就對日本人恨得咬牙切齒。仇恨時時咬囓著我，日有所恨，夜有所夢，一直到我信了神，學會愛與寬恕，才從仇恨中釋放解脫。我找了一批珍珠港事變生還者，同往日本向二次世界大戰的一些戰機駕駛員伸出友誼之手，告訴他們：『讓仇恨隨風而去吧。』他們非常感動，彼此緊緊擁抱，噙淚的微笑好美好美。」這時，圍觀的群眾才明白這個白髮老人不是館方的工作人員，只是一個傳教者。平常聽到「你是罪人」之類的街頭傳教語就避之唯恐不及的我，聽到這裡竟然如生根似地無法移動，心內漲滿了感動。

一個七十多歲的退役老兵，不在家裡頤養天年，卻把光陰消耗在「愛與寬恕」的傳揚上，除了宗教狂熱，何嘗不是希望替殺戮無止的世間灌輸一份祥和。「以眼還眼、以牙還牙」造成循環不已的爭戰，到頭來自己亦是傷情慘重的受害者。能夠「以愛止恨」的，是仁者、勇者，更是智者。

多年來，常常想起珍珠港邊的老兵，別來無恙？尤其是三不五時，日本人就要發上一陣夢囈，說什麼南京大屠殺子虛烏有，日本只是進出中國……總讓我想起西諺：“To err is human, to forgive divine.”（犯錯是人之常情，恕人則須有神的襟懷。）是的，寬恕敵人、友愛敵人庶幾近於神性，世人做到者幾希矣。凡人都會犯錯，也都會傷害到別人。然而，一個人日日叨唸著自己的傷口，而不去檢討何以如此，更罔顧自己帶給別人的傷害、痛苦，覺得別人受罪是活該，缺乏為人應有的知恥、悲憫心，大概連人性都談不上了。難怪歐美對於日本人一逕在國際社會不擇手段賺錢，從不金援弱國，早譏之為「經濟動物」，動物本性又何止表現於經濟一端？

二次大戰後，海峽兩岸的政權，或迫於無奈，或出於私利，皆持「以德報怨」口號寬恕日本，未索分文賠償。但是，得恕者不思懺悔，反而舉國飾非諉過，無所不用其極，饒恕因此成為姑息。最近繼日本駐美大使汙衊張純如暢銷書《南京大屠殺》「不準確、錯誤」後，日本國內又首映為一級戰犯東條英機美化、脫罪的電影《尊嚴——命運的瞬間》。不久前明仁天皇訪問倫敦，英國老兵們以背相迎，抗議日本對付二次大戰英俘的慘無人道，至今不道歉、輕補償。不禁思及日本前途。且不說二次大戰期間，日本也有千萬的「河邊無定骨，深閨夢裡人」，美化戰爭的罪魁禍首一時間或能激揚民族自尊，他日勢必將把國家再度帶上生靈塗炭的枉死路；就是那種一味責怪別人，不思反省的仇恨意識，也將讓日人與鄰交惡，國格見貶，國際上到處受到鄙視，舉國更得不到平心靜氣的祥和。原來，犯錯易，恕人難，認錯悔過更是難上加難。

悲劇，不因報復始，卻每因報復而綿延無絕期。

在現實世界，沒有比以色列與阿拉伯這兩個民族千年夙仇更好的例子。秉著「以眼還眼，以牙還牙」的共同祖訓（不亦可笑乎），你逮我一人，我必捕你一雙；你殺我十人，我必回敬你百人。阿拉伯激進分子固然以濫殺無辜的恐怖主義著稱於世，以色列報復行動的果敢迅速也找不到第二個西方國家匹配。暴力因循，顯然並未嚇阻到彼此，徒然犧牲了本族同胞的性命。在血流成渠後，以阿雙方終於有明智者體認到報復的罔然無功，而願意在談判桌前放下屠刀，令這千年來世上最大的火藥庫——中東，露出了和平的曙光。

在西方文學裡，因報復而綿延無已的悲劇俯拾皆是。古希臘埃格曼儂家族數代血淋淋的互相仇殺是其一。希斯提斯誘拐了兄弟阿垂俄斯的妻子。為了報復，阿垂俄斯把希斯提斯的孩子殺死，煮成菜餚給希食用。希的一個兒子，艾基斯瑟斯僥倖逃過屠殺，活下來誓言為父兄復仇。另一方面，阿垂俄斯的兩個兒子，埃格曼儂與曼那勞斯，分別是希臘兩城邦的國王。

曼那勞斯的美麗妻子海倫為特洛伊王子所拐，引起希臘諸邦聯軍討伐，埃格曼儂正是聯軍統帥。十年特洛伊戰爭，雖然終將特國攻下，搶回兄弟的妻子海倫，埃格曼儂自己的妻子卻因空閨難耐，而為存心復仇的艾基斯瑟斯勾引挑撥，不但背叛了埃格曼儂，而且與情人聯手殺死了凱歸的丈夫。艾基斯瑟斯雖然為父兄報了兩代仇，七年以後卻又被埃格曼儂尋仇的兒子殺死。在緜延數代的仇殺裡，今天報復成功的，明日又喪命於尋仇者。即使是最後的復仇者，復仇成功的喜悅，也換不回失去的親人性命。所以，中國人說：「冤冤相報無盡期」、「冤仇宜解不宜結」、「退一步海闊天空」，正是這種體認。

當然，報復有時也是激勵人向上的動力。沒有胯下之辱，韓信終其生可能只是個街頭混混。同樣的，英國詩人拜倫因為天生一足畸形，求學時代飽受同學訕笑羞辱，激發他苦苦鍛鍊體能的意志，終於在拳賽中擊倒侮辱他的同學，並且使他在拳擊、劍道、馬術上都有漂亮的表現。所以，最好的報復之道，是激勵自己活得更好，更光采，讓自己的光鮮成就襯托出仇家的卑劣，令對方自慚形穢而心服口服。如果一味訴諸暴力，像古希臘另一悲劇裡的蜜狄亞，為了報復忘恩負義、移情別戀的丈夫，將自己的孩子殺死，不但未能贏回丈夫的尊敬與眷愛，而且使自己受到更大的創痛。

私相報復之不可取，乃在於誤認自己是公義的伸張者，而不去尋求法律的制裁或天道的報應。沒有法律的規制、局外人超然的仲裁，報復常為仇恨的激情蒙蔽，拿捏不住適當的尺度，因而激起對方更大的反彈。或有人謂，在公義不彰的社會，法律形同虛設，只有自求報復一途。其實不然，且看蜜狄亞的故事。為了對丈夫報復，蜜狄亞說服了仇人庇里亞斯的女兒們將其父割而烹之，以助其父回復青春。當庇里亞斯的女兒們發現上當後，已挽回不了老父的性命，卻又對能行法術的蜜狄亞無可奈何。誰知天理有報，蜜狄亞自己也嘗到手刃骨肉的苦果。「多行不義必自斃」，人，其實不必汲汲營營去尋仇報復；天地悠悠，終究會還你一個清白公道。

風之影，水中月

已故名導演李翰祥平生最不信邪，常在「戲言戲語」專欄裡對術士、神棍之流口誅筆伐。當年李翰祥赴臺創辦國聯影業，因經營不善陷入窘境，曾有人建議他請風水先生重新擺設辦公室；李遵之，依然時乖運違不見轉機，自此對風水之說嗤之以鼻。

我個人雖無風水經驗，對於其可信度卻與李翰祥懷抱同感。一方面自幼承受科學教育，凡事講證據、窮原理，總覺得家裡擺一缸魚就能讓事業風生水起之類的玄說，不啻風之影、水中月的虛無縹緲；一方面半生行來，恕我見聞淺陋，迄今尚未遇見一人單憑風水擺佈而功成名就，倒是見識許多被風水耍得團團轉依然人仰馬翻的實例。試舉一則真事為證：某風水大師有徒承其衣缽，去年發心競選公職，竟然鎩羽而歸，事後徒弟公開對媒體說：「師父聽到我競選失利後比我還難過，因為他預測我會當選。」以師徒二人的功力及切身利害都不能達到心想事成的境界，那麼泛泛之輩向大師求取風水指點，意欲平步青雲，又與問道於盲有何差異？

風水是一門古老的民間信念。在民智未開、科學未興的舊時代，捕風捉影的無稽之談被奉為金科玉律，乃是中外皆有的現象。可悲復可嘆的是，今天西方雖然仍有許多束手無策的難題，畢竟矻矻不懈地尋求理性的解決之道：婚姻出問題看婚姻顧問，子女難管教看心理學家，健康亮紅燈上診所治療……反觀許多中國同胞，依然將一切疑難雜症歸之風水做怪，寄望掛一面鏡子，懸兩盞明燈……所有橫逆挫折就會隨風而逝。海峽兩岸自不待言，即使久受英國殖民統治的香港萬般皆洋化，唯獨對風水亦深信不疑，就是海外的大批博士、碩士，也不乏熱中此道者。且看風水大師巡迴北美，所到之處僑領、名流紛紛追隨簇擁，即知風水成為二十世紀華人「顯學」的盛況。

本來，對風水與算命、星座之類的玄說姑妄言之姑妄聽之，何嘗沒有心理治療的作用。人碰到處境艱困乖違時，將居所略做調整，藉耳目之新提精清神，或因此增添自信，恢復鬥志，也是充電後再出發的一途。但是，將風水視為解決疑難雜症的萬靈丹，而不找出問題的因果癥結去對症下藥，不僅徒勞無功，而且延誤扭轉乾坤時機，終致「兵敗如山倒」地萬劫不復。有一位經商的朋友，深信風水之說。當經營不如意時，更頻頻延請風水師上門指點。先是說一進大門就面對兩扇大窗，不能留財，於是把窗子封堵成牆；不見起色，又七搞八弄地把全屋折騰個夠。後來，某自命風水通的朋友去他家一看，告訴他：「你這房子裡面怎麼弄都沒有用，因為外在地點太差，坐落於巷底，一頭沒有出路，錢財無法流通。」嚇得他不顧一切把房子脫手，損失了十幾萬，生意依然不佳。倒是搬進去住的也是一家經商的中國人，以遠低於市價的交易買得華屋就白賺了十幾萬，住進去四、五年事業始終不錯。他說：「位於巷底才好呢！好比坐在聚寶盆裡，錢只進不出。」其實，任何外行人都看得明白，原來的屋主所以經營不善，是因為盲目擴充，未經完備的市場調查與規劃，又逢上全球性的經濟不景氣導致生意失敗。如果他能反躬自省，及早補救，也不致白花大把銀子在房子上卻於事無濟。

曾經在銀行裡做出納，即使是這種最基層的工作，也可窺出老美對企業經營的講究，他們時時刻刻檢討辦事效率是否便利顧客。大公司更高薪聘請全美頂尖商學院的高材生，為經營籌謀效力。再看篤信風水的一些中國老闆，整天傷腦筋扭轉風水，卻不在研究開發、市場調查、服務顧客、員工福利等範疇上精益求精，格局也就難以舒張了。雖然據說近年西方也有人注意風水，法國尤其蔚然成潮，我倒覺得在哈佛商學院、賓大華頓商學院這些一流學府沒有將風水放進課程前，奉風水說為經營指標畢竟是旁門左道。其實，儒家主張自省修齊，佛家楬櫫修行造業，皆是向內尋求本我的鍛鍊提升，才是中國人真正的安身立命精神。

讀文至此，篤信風水的讀者大概已為我的「鐵齒」暴跳如雷，恨不得將風水靈驗的自身體會對我醍醐灌頂。當然，風水累積世代的觀察心證，也不能全面抹殺其中的智慧見解。譬如說，我曾經告訴一位老美地產經紀人，中國人不喜歡西曬的臥房，因為曬了一個下午，在沒有空調的時代，夏日夜晚很難入眠，她聽後又驚又讚，直說有道理。可惜風水一如許多古老的民間信念，始終不見科學家、人文學家整理研究，以現代尺度去蕪存菁，使風水脫盡鄉野玄氣，登上知識的高堂正殿。再者，從業人員素質良莠不齊，每多招搖撞騙之徒，也使風水形象難以提升。在美國住得越久，越覺執照之妙；執照是對各行專業人士能力的肯定，也是對消費者的保護。因而常發癡想，算命、風水這些行業若也須考執照，是否就能淘汰滿口荒唐言的郎中術士，避免消費者被騙得團團轉？只是，我很懷疑，真正的風水家何不為自己尋一寶山福地，從此飛黃騰達，也就不必靠風水吃飯了。

協奏曲

交響樂(symphony)講求和諧圓融，最高境界是百川匯海、萬流歸一中造就波瀾壯闊。十幾種樂器，數十個樂手，齊心協力奏出一片雄渾開豁，那份犧牲小我的團隊精神，或許也是交響樂令人震撼的原因之一吧！然而，圓渾中卻失去各別樂器的特色。獨奏曲(solo performance)則是單一樂器的風華展示，百轉千迴，清景無限，美則美矣，我卻覺其單薄。個人最愛的，乃是協奏曲(concerto)。

協奏曲通常是一、二種樂器與交響樂團的協奏。單一樂器是主，管弦樂合奏是輔。因此，作曲家在創作此種作品時，總是根據主角樂器的音質特色，盡力鋪陳它的重頭戲，使其成為一曲之靈魂。但是，管弦樂合奏雖淪為配角，卻也不能草草書就。它的功能恰似綠葉之於牡丹，或烘托、或迴應、或導引、或尾隨、或交替、或共鳴，兩者以密切的旋律銜接，織就出完美無縫的錦繡天衣。協奏曲正是交響樂與獨奏曲的共生精華！

聆賞協奏曲已是聽覺上的盛美華筵，「看」協奏曲的演奏也是感人的體驗。每當樂章進行至獨奏（或獨拉、獨吹）部分，一團樂手放下樂器，讓主角樂手「炫耀」他的超凡入聖技巧與獨特詮釋功力，舞臺上的焦點所聚，眾人的三千寵愛，全都落於一人身上。身後的指揮與數十團員，在靜默的支持等待中，蘊含的謙卑寬懷，總令我特別感動。是故，一曲既成，掌聲響起，我激賞主角樂手，也感謝他背後不突出個人的樂團。

擴大來說，民族未嘗不可做如是觀。一般而言，日本社會是交響樂，團隊精神無話可說，卻也湮沒了個人特色。西方曾做過一項民意調查，發現西方人在所有文化中，最說不出傑出個人的是大和民族。中國民族性則是獨奏曲式，個人聰明才智舉世難匹，可惜缺乏團隊的合作精神，人人都搶著做老闆，很少有人願意為他人默默跨刀。相對之下，美國較有協奏曲精神。美國人在教育學子欣賞自己，尊重個人風采的同時，也培育他們的團隊精神。不願與人合作，無論個人才氣如何縱橫無敵，學校的評價都不會太高。而個人的不凡天賦，也受到群體的支持尊重。因此，在花旗國度，我們一方面見到團隊精神發揮至最高點產生的種種先進科技；也見到驚世駭俗、特立獨行的無數藝術家，為美國的藝文領導舉世風騷，代出人才。

世間諸相正若是。科技是交響樂，我們在使用神乎其技的電腦軟體時，只知道他是許多人的心血結晶，其名是張三、李四、抑或王五，沒有人會去查詢。繪畫、文學是獨奏曲，完全反映作者個人的才華學養。電影、戲劇這些綜合藝術，則是協奏曲的最佳範例。男女主、配角的容貌、演技固然是焦點所聚，然而，缺少導演的運籌帷幄，編劇的匠心鋪陳，燈光、化妝、道具、配樂等等的戮力配合，僅靠一干演員的絕妙演技，絕對無法經營出全片蕩氣迴腸的氛圍。反之，導演等幕後人員再合作無間，若無演員的出色表現，就如一鍋精緻的臘八粥卻忘了放糖，功虧一簣。只是，劇終人散，觀眾猶為男女主角的花容月貌、出神入化演技惘然若癡時，幾人願意在位上多留一會兒，耐心地把幕後人員的名單看完？

地雷

一直覺得布朗是個樂天、開朗、友善的人。

布朗是辦公室的清潔工，每天推著一個大垃圾桶沿桌收垃圾。字紙簍裡除了廢紙，尚有吃不完的披薩，喝剩的咖啡……他把字紙簍倒空後，如果看到太髒，還得換套上乾淨的塑膠袋。工作並不難，然而單調重複幾成酷刑。希臘神話裡，克里特國王薛西佛斯因為貪婪被罰在地獄推石上坡，推上坡的石頭旋即滾下，於是薛西佛斯周而復始，無休無止地重複推石的動作。布朗每天得倒五層樓六、七百個字紙簍，一個弄乾淨了，下一個又是髒的，重複做上七百次，經年累月下來真會教人絕望抓狂。

可是布朗有他的一套行事作風。不像別的清潔工埋頭苦幹，只求早了早完；也不像某些人板著一張臉，將胸中的煩怨不耐盡擺在臉上；布朗總是逢人就打招呼。「你今天好嗎？」「不錯，你呢？」「很好，謝謝。」這只是最起碼的寒暄，碰上也喜歡講話的，那麼家庭、天氣、球賽就可扯上一陣。本來酷刑似的工作，倒給他弄成這般尋朋訪友的舒閒快意，真教人服了他。五十多歲的年紀，沒有傲人的學歷，加上某種因素造成語言能力受損，發言含糊不清，可是布朗的舉重若輕卻展露可敬佩的天性。

幾個月前，辦公大樓後面社區的漫步小徑發生了一件命案，一個蹓狗老人遭人從背後刺死。命案當即在辦公室掀起議論紛紛。許多同事公餘在小徑慢跑健身，固然心有戚戚；而小徑與停車場之間並無籬牆區隔，更使人人自危。公司為了安撫驚弓之鳥，特別斥資在停車場裝上安全設備，讓人於緊急時按鈴求援。可是暗箭難防，遭人從背後捅上數刀，是否有足夠的時間與體力跑去按安全鈴實教人懷疑。

命案膠懸未破。隨著時光流逝，人們逐漸淡忘此事。今晨走進辦公室，看到一群人圍著在看報紙，原來命案破了，而兇嫌不是別人，正是大家公認的「老好人」布朗。那日，騎單車的布朗與放狗亂跑的老人發生衝突，氣憤之下在老人背上猛刺，使老人流血過多而死。同事間談及此事，多有啼笑皆非之感。想想看，為了一件「狗皮倒灶」小事，可以激怒惱恨到無法自制地步，必以刀刃洩憤方休，這是什麼樣的性格啊！每天倒上七百個垃圾桶猶談笑自若，這般的修心竟不能養性，不亦怪哉。而我們在過去一年中天天與他打照面，如果在球賽、政治上與他一語不合，是否……。

不禁想起多年前共事的約翰。約翰四十左右，個頭不高，可是一頭銀白，風度翩翩，氣質儒雅。他總是西裝革履，即使是T恤與牛仔褲在辦公室滿場飛的星期五也不例外。我與他不熟，有時聽到他與別人聊幼兒，就像尋常慈愛驕傲的父親。不過，令我暗自納悶的是，每次大清早與他談公事，總聞到他嘴裡一股酒氣，難道別人早上喝咖啡提神，他卻需要酒精清心？但見他行事正常，也就不以為意。不知何時起他不再來上班，聽說他有長期酗酒的習慣，公司一直安排他上戒酒課，可成效罔然，於是只好請他捲鋪蓋走路。大約半年後，有人在報上讀到他的消息，說他在購物中心停車向一個女士問路，問完了竟然將人強拉上車，在市區裡繞來繞去，最後被警察攔下。被炒魷魚對他的打擊已大，綁架罪更毀滅了他的前途。為什麼他沈湎酒鄉無力自拔？是家庭煩惱，還是童年陰影？為什麼外觀的修飾節制與內在的茫亂放任竟有雲泥般的落差？想到許多歇斯底里大屠案，兇手的鄰居、朋友，甚至親人在案發後的震驚難解：「他很正常，很親切，很友善啊！」再想到布朗與約翰，不由不感慨人心難測真像冰山下的廣大無垠，不，正確來說，有些人像地雷，外觀毫無警象，但你一踩上他的痛腳……。

輯三

盆栽與大樹

「無違」是中國孝道的最高標準。用白話文來詮釋，就是不違背父母的旨意。自孔子以降，無違一直是人們拿來審度子女孝順與否的一個準繩。可是，我們若把無違挪到西方社會來測量父母子女關係，就會慨然發現，無違與西方倫理觀念是完全對立的，受到西方教育影響的年輕人，與受傳統觀念薰陶的年邁父母，由於看法不同，衝突於焉產生。經常聽到年邁的父母抱怨他們的兒孫不知善體親心，父母要他們朝東走，他們偏偏往西行，簡直是忤逆不孝。誠然，現在的年輕人多半有自己的想法，不願意事事順著父母的意思去行，比不上舊日的子女順服。不過，若說這樣便是不孝，倒也不見得。

傳統的中國社會，講求的是一套君君臣臣父父子子的和諧社會體系。群體為主，個人不能任意而行。終一生，個人只能在群體架構的框框裡打轉。於是乎，父母盼望你走功名的路，你就得年年赴科場；希望你承繼家業，你就得守著一片田舍做個莊稼漢，或一爿店舖做個生意人。老一輩的既不會探討子女的天分與趣究竟何在，做子孫的也都服服貼貼地循著長輩（不單是父母，也可能是祖父母，甚或叔祖、伯公一類年高德劭族裡長老）指畫的路線去走。

現代西方的父母子女觀，卻是建築在平等的基石上。子女成年以後，就應該為自己的行為負責，也完全有權利策劃自己的將來。父母以血緣之親，養育之恩深，也不能左右子女的獨立意旨。父母可以站在朋友的立場提出忠告，聽也好，不聽也好，與孝並沒有關係。因此，中西兩種觀念，幾乎是背道而馳的。

望子成龍，盼女成鳳，乃是古今中外為人父母者一致的苦心。當他們向子女提意見時，出發點多半是善意的（當然，也有囿於私見私利的時候）。而且，父母的人生經歷豐富，他們的忠告無非是為了保護涉世未深的子女免於受到傷害。但是，世事好壞並非都有截然可分的標準，人與人之間的觀念可能差上十萬八千里，而不能說甲對乙錯。所以，當父母口乾舌焦地再三耳提面命，而子女卻覺得「我這樣做也沒有錯啊！」，父母就難以諒解「這孩子為什麼如此不知好歹」。如果照西方說法，這是子女的觀點，只要不做奸犯科，違觸法律，父母可以反對，卻應百分之百地尊重，讓他們放手行去。

我們常常看到許多子女不聽老人言，吃虧在眼前的教訓。然而，也有很多子女為了順從父母的安排，而犧牲掉一生幸福的悲劇。詩歌孔雀東南飛裡的焦仲卿，歷史上的愛國詩人陸游，就是最著名的例子。近人魯迅在日本唸書時，被母親以病危藉口騙回家成婚。他的夫人是一個鄉下婦女，在教育程度，世事閱歷上都難與魯迅溝通。終其一生，魯迅都未與她親近，只是將她留在家鄉侍奉母親，自己後來又在外另娶。這是一味講孝而犧牲掉無辜第三者的一個例子。朋友中又有婚事為父母所阻，勉強分開；男婚女嫁後，竟然又異地重逢，便不顧一切拋家棄子同居起來。這例子竟然可以找出兩對。當初這些父母在子女的婚事上有意見，自然也是為子女幸福著想，絕對沒有料到當事人的感情不是由得別人左右得了的。有些子女不顧家裡反對成婚，日後發現雙方不合適而分手也是常見的。不過，與其讓子女怨恨父母一輩子，不如讓他們為自己的抉擇負責。婚姻本來就是帶有幾分冒險性，是不是該由當事人自己下注呢？

婚姻之外，父母常為子女作定奪的就是職業。很多人在父母的堅持下選擇了醫科、工科、商科等熱門職業，而捨棄真正的興趣。做父母的無非是擔心子女日後捱餓受凍，因此希望他們從事一個有保障的行業。不過，父母可以把利害分析給他們聽，卻不應該用脅迫的手段，如斷絕經濟援助、脫離父子關係等，來達到說服子女的目的。碰到性情剛烈的子女，很可能把他們逼上絕路。再者，即使達到勸服目的，如此之服也非心服口服。可能造成子女一輩子的憾恨。父母應當相信「行行出狀元」。不論子女最後做何抉擇，都當百分之百地予以支持，而不是一味地澆冷水、諷刺、抱怨，乃至阻撓。

去年CBS有一齣頗轟動的迷你連續劇《權術能手》(*Master of The Games*)，裡面的母親為了讓獨子走她自己規劃出的路，舉凡兒子的唸書、交友、婚姻、生子，凡事都在暗中干涉。兒子一一發現後，雖然有意擺脫母親的安排，到頭來卻發現他的命運一如孫行者始終翻不出如來佛的掌心。憤怨絕望下，親手射殺了母親，自己則進了精神病院。沒有人會否認這位母親對她唯一的，又是遺腹的兒子的愛；然而，她所作的一切安排，卻讓觀眾懷疑究竟是為了兒子幸福呢，還是為了滿足她的私慾。譬如說，她殘酷地摧毀兒子的繪畫前途，為的是迫使兒子回來掌管龐大家業；她明明知道兒子的愛妻生產會有致命的危險，卻瞞著兒子慫恿媳婦生育，結果抱了孫子卻喪了媳婦。薛尼・雪爾敦 (Sidney Sheldon) 在他的暢銷書裡，固然把這位母親描繪得極端專權跋扈，卻不脫離現實。父母在為子女安排前途時，都相信自己是出於愛心。其實很多時候是在不知不覺中以自己利益為出發點，如面子問題、個人好惡，而忽略了子女的感覺。

孩子在未成年前，沒有分別是非的能力，父母對子女百分之百有管教權，因此父母或監護人必須替孩子做決定。子女一旦成年後，父母就應該尊重他們的自主權，信任他們有能力替自己決定一切。他們所做所為，只要不違觸法律，你縱使看不順眼，頂多也只能提出忠告，而不是以孝順的帽子迫子女照你的意思去做。大事如此，小事亦然。有些父母抱怨成年的子女太邋遢，太重外表，太吝嗇，太揮霍。令我不解的，這些父母為什麼不在子女幼年時矯正這些壞習慣呢？若說自幼教起，說了二三十年還未見效果，現在何必多說徒傷和氣呢？如果幼時疏忽教導，要等到成年後再去糾正他們，那時習慣已經養成不是更難糾正嗎？沒有成年人喜歡別人老是把他看成三歲幼童，凡事跟在後面嘮叨。子女對父母的養育之恩是感激的，父母子女間也自然有一種天生的愛，子女所需要的，只是一份對成年人的尊敬。我覺得父母培育子女，可以拿園藝來比喻。在幼苗時期，需不時的修剪枝椏，剔除病蟲害，使樹木健康挺立，造型端正美觀。但是，當樹木長到一定高度時，做園丁的就應該知道適時鬆手，好讓它長高長大，成為昂然於天地間一株寬枝大葉的巨樹。如果始終對它束手縛腳，園丁最後得到的很可能是一盆精緻巧麗，具體而微，卻全然失去自然風味的盆景。為人父母的，希望您的子女在人格上做一株大樹呢？還是侏儒型的盆景呢？

行路有迴峰

新生訓練那天，系主任顏元叔介紹外文系，站上講臺啥都不說，就把兩本磚頭厚的洋書往講臺上一砸，接著以一對銅鈴大的眼睛緩緩巡視全場，方面大耳不怒已威，頓時將飛揚浮躁的新鮮人給鎮懾了下來。然後，他一字一字沈緩清晰地說：「這是外文系的重頭課——英國文學史上、下冊，唸不下的趁早轉系。」大夥面面相覷，心想：「這就是歡迎我們的見面禮嗎？」

畢業十餘年後，一干同學在加州聚首，談起這段往事，拊掌大笑之餘，更有一層體會。傳說顏教授不喜歡女生，覺得學文的女孩子上大學不過是混張文憑當嫁粧，日後傳承外文系光輝榮冠的還是男生。所以他老人家往臺上一站，見萬紅叢中寥寥數點綠，失望之情可想而知。證諸現實，此番揣測還不無道理。就拿我們那屆來說，男生數量上遠遜女生，常以「我等雖少數民族，卻非弱小民族。」提醒女生以尊嚴待之的衰衰數公，今日或經營出版社，或任電影博物館館長，或執教戲劇系，多與外文系相距咫尺；女生則紛紛改弦更張，與文學漸行漸遠。以外文系學生男寡女眾之懸殊對照日後的文壇成就，顏教授當年的下馬威也就師出有名了。

果然同學會上，一批中年女人紛紛為讀外文系痛悔不已，覺得成日裡小說來、戲劇去，出得校門竟不能當飯吃。如果時光能倒流，大家一定選擇會計、企管、電腦這些實用的科系。看來顏教授的兩本磚頭書當年砸講臺上勁道還嫌不足，沒能振聾發聵，以致大夥白白走了四年冤枉路。只有我，雖然早自文學陣營變節投奔電腦，對於當年選擇文組依然無怨無悔，畢竟四年浸淫文學，是一生中最酣暢交契的時光。唯一的遺憾是，年少玩心太重，花在課業上的時間太少。彼時只讀教科書，哪裡想到去圖書館找相關書籍觸類旁通，涵泳無邊的學海？

來美讀研究所，重拾戰戰兢兢之心，課前預習，課後複習，上課更是坐在第一排豎長著耳朵，瞪著教授一張一闔的嘴。下課後找參考書、跑程式，又回到中小學「三更燈火五更雞」的寒窗歲月。自己不禁大為吃驚，原來，這把年紀還是可以「收其放心」，一意向學的。反觀老美同學們，偷懶鬼混的不少，或許雜務太多，也可能在自己的國家讀書，心態較為放鬆。可惜，這時候我讀的已經不是興趣所在的文學。如果時光能夠倒流，我常想，我一定發揮上美國研究所的苦讀精神，多讀相關書籍，少跳舞、露營。如是，不要說書卷獎年年拿到手軟，學問功力又豈是今日這般淺薄？

外子是另一種典型。大學到修完博士學位，每學期科科都拿A，研讀之勤可想而知。可是他最悔恨的竟是學生時代既沒跳過舞，也沒談過戀愛，生活裡除了啃書，還是啃書。前些時碰到一個大學同學，當年屬「苦讀一族」，考試永遠不出前三名，她告訴我不摸文學書已久矣，不知她追悔往日的又是什麼？

二月份在〈世副〉上讀到王長安紀念乃兄王尚義的文章，看後掩報流淚。這朵文、哲領域的奇葩，二十多歲展露的才情風華已經教人側目，如果當年轉進哲學系，今天必成斐然宗師。可憾醫學院七年的不合性向令其抑鬱以終。王尚義是極端的個例，卻非獨立的偶然。在中國父母現實的考慮下，多少人文領域的奇才荒廢於理工醫法商的專業上。然而，我們這些受到父母支持讀文的幸運兒，又有多少人無悔於當日的抉擇？

有個朋友逝於三十九歲的盛年，聽到噩耗的人於感傷之際都道：「幸好他沒結婚，否則留下孤兒寡婦多淒慘。」這位倜儻不羈的美男子卻於臨終時握著兄嫂的手說：「如果時光能倒流，我一定不挑三揀四，早日成家。」看來，每個人心中的追悔情懷，不是外人能夠理解的。正如錢鍾書在《圍城》中所說，裡面的人想出去，外面的人想進來；人對於現狀、走過的路，多感乏味可憎，對於未曾圓過的夢，則常懷嚮往憧憬。

孔子將歲月比做逝水，李白更予驚心動魄的進一步闡釋：「君不見黃河之水天上來，奔流到海不復回。君不見高堂明鏡悲白髮，朝如青絲暮成雪。」當青絲漸銀，縱有萬千憾恨，過去的光陰卻如滾滾東流水，豈能倒流？時光一去永不回，然而，往事只能回味嗎？

加州的優勝美地國家公園幅員遼闊，駕車環繞一圈需時一日。但是峰迴路轉間，總是可以看到著名的半壁峰 (Half Dome)，忽遠忽近，或俊朗，或雅秀，時而展現全貌，時而羞掩半遮，各有不同的姿采。將人生行路比作流水無歸程未免太消沈無奈，不如視為翻越群山，峰迴路轉中總有清景無限。錯過一個觀景站不必懊惱，下面仍有無數的觀景站讓你從另種角度欣賞。摩西婆婆八十歲才學畫；咱家曾經是書呆子的另一半，如今熱中學習社交舞，一補青春歲月的蒼白。我這幾年重讀大學時代的書，因為行路已多，體會更深刻於當日，也可算是對於昔年荒疏的一份彌補。常聽人抱怨年少因為諸多外在因素，不能學習所好，不能專心致學，那麼，何不趁一息尚存追求圓夢？美國的各級學校招生不問年齡，還有各種成人學校廣開繪畫、陶藝、舞蹈等課程，甚至自己讀書、看錄影帶，都可涉獵昔日夢寐以求的範疇。

至於上過的科系，走過的路，或許令你大失所望，未必就是浪費光陰。畢竟走一段岔路，看一程景，比一條路走到終點的人更享柳暗花明之趣。

又到驪歌將揚的季節，中國父母與子女為選校選系大起勃谿的或許不在少數。謹於此勸告天下父母，歲月不能倒流，人生卻是峰迴路轉，充滿生機。尤其在教育之門隨時敞開的美國，讓孩子們摸索出自己的路，讓他們的肩承挑抉擇，日後當不至於將一生憾恨歸咎於父母的掣肘。

人生行路面面觀

人生行路大致有三種形態——直線、岔道、多角形。

有些人含著銀湯匙出世，祖蔭浩蕩下榮華富貴享受不盡，昔日的帝王貴族子弟，今日的豪門巨富兒孫是也；有些人出身書香門第或專業家庭，克紹箕裘順理成章，像莫札特、貝多芬，父親本身是音樂家，呱呱墜地即受音樂薰陶，成為演奏家乃不二抉擇。同理，身為文豪之後，憑藉父祖的教誨與人脈，立足文壇比素無淵源者多了段晉身階。有些人或出身寒微，或地處僻鄉，或受社會階級觀念壓抑，一生不遇伯樂，出世才華終身蒙塵。這些人無論貧富貴賤，人生道上或有微波小折，大致一路到底，是直線式的行路。

第二種人生行路，未必多麼迂迴曲折，只需幾個岔道，不同的抉擇頓使一世全然改觀。據說陳進興年少時交上惡友，從此由循規蹈矩變為惹是生非。這種說法由為奸作惡之徒說出早已不是新聞，也常聽到家庭變故波及兒女出軌，一落千丈的沈淪令人驚痛。相對之下，壞孩子遇到良師而痛改前非的故事就稀少地格外動人，交上益友而改過遷善更是美麗的傳說。

其間牽涉的不僅是人性善惡，還有社會的教化包容。年少輕忽犯下大錯，往往一生負荊而難尋棲身之所，欲振乏力，唯有一逕墮落。世路多歧，成長中的青少年固是如臨深淵，為人父母豈不也如履薄冰？

岔道外不盡是萬丈深淵，也可能繁花錦樹，鶯飛草長。二十世紀初，一個生長在湖南鄉下的年輕人，自幼被家庭期許成為祖父之後的「另一個大將軍」，不到十五歲就廁身行伍，以軍職為畢生志業。二十歲那年奉調至報館，與一印刷工頭同房，經他介紹閱讀線裝書以外的新思想，開始憬慕井底外的大千世界。爾後，生了四十天大病，又見一個生猛如虎的好友與人打賭渡河，竟至沒頂洄流，不禁思考：「好壞我總有一天得死去，多見幾個新鮮日頭，多過幾個新鮮的橋……比較在這兒病死或無意中為流彈打死，似乎應當有意思些……儘管向一個生疏世界走去，把自己生命押上，賭一注看看，看看我自己來支配一下自己，比讓命運來處置我更合理一點呢，還是更糟糕一點？若好，一切有辦法……那我贏了；若不好，向一個陌生地方跑去，我終於有一時節肚子癟癟的倒在人家空房下陰溝邊，那我輸了。」這個年輕軍人因而下定決心去北京讀書，日後創作的小說、散文被譽為近代中國文學經典。沈從文在《從文自傳》最後一章〈一個轉機〉中自敘當年做抉擇的賭注心態，不無戰勝命運的驕傲。

命運豈肯輕易言降？多年後伺機反擊。沈從文辭職北上時，軍隊上司不但給了三個月的薪水，還親切地說：「情形不合，你想回來，這裡仍然有你吃飯的地方。」沒想到他一向不甚滿意的軍隊中竟有這般的寬容包蓄。一九四九年後，改朝換代下的新政權卻容不得他繼續吃創作飯，完全扼殺了沈從文的文學稟賦。當年政權交替之際，對「新中國」選擇共存或離棄者，老舍、沈從文與胡適、林語堂，日後的際遇判若霄壤，是個人抉擇與命運的豪賭，還是個人識見判斷致之？再回頭已是百年身，這樣的轉捩點真是教人心驚膽寒。

第三種人生軌道，七轉八折，眼花撩亂下竟又回到起點，彷彿多角形 (polygon) 的始終同點。伊底帕斯王子生下來時，術士預言他日後必將弒父妻母。父王因此派人將他帶去曠野刺死，不料為人所救。長大後出外流浪，窄路上與一隊人馬發生爭執，憤而取其頭領性命。後來旅行至某城，以解答謎語戰勝獅身人面怪獸，娶得守寡的皇后並登上王位。多年後發現，他已在無意中弒父妻母。希臘神話中最著名的這齣悲劇，起承轉合曲折至極，竟又回到夙定的命運，不是像多角形的人生？每次朝同一方向轉若干度，以為漸行漸遠，赫然在望的竟是起跑點。認識幾位作家，從小嗜好寫作，考大學時被家人強迫選實用的學科，一路讀到碩士、博士，並且從業多年。某日居然徹底拋去一切專業成就，從此心無旁騖一意筆耕。高更放棄銀行金飯碗作畫是另一例。

因著種種不同軌跡的行路，人間也就顯得繽紛多麗。你生命中的諸般轉捩點，又是怎樣的趨向？

適者生存

聽一位醫生朋友談他在醫學院的解剖經驗，讓我頭皮發麻，忍不住問道：「你不覺得恐怖？」

「剛開始會胃翻騰，手打顫，雙膝發軟。後來習慣了，也就不當一回事。」他雲淡風輕地說：「醫學院許多學生K書累了，常常抱著骷髏頭就睡，把它當枕頭呢。」

有位大陸朋友告訴我當年下放新疆，好長的一段日子痛不欲生，蒼涼荒漠，「早穿皮裘午穿紗」的懸殊氣溫，勞動的辛苦，物質的粗窳，離家背井的孤獨，令她夜夜垂淚。有一晚發現自己竟在回味著白日聽到的一則笑話裡入眠，從此好像就沒有哭過。多年後回到夢中屢歸的故鄉上海，反覺得擁擠逼仄，不能適應。

不禁為人強韌的應變力傾倒！再艱困的工作，再險惡的環境，浸淫其中日久，竟能安之若素。其實這種天賦，非獨人類特具，達爾文的「物競天擇，適者生存」即是稱揚萬物的驚人「適」應力。潛沈於地下百萬年的石灰岩洞，暗無天日居然可以繁衍出一種盲魚，不需視力亦能從容優游。沙漠植物與熱帶雨林各有各的幹姿葉形，以便水分的聚斂散放。以這種「山不轉水轉」的委婉求全去習慣頑劣的外在處境，透露出可佩的強悍生命力。

去國離鄉的遊子，在異國的成就度與滿足感，正與習慣度成正比。常聽人說：「我來美國十多年了，一直沒辦法習慣這裡的生活方式。」他們若有工作，必定對事業不滿意；是晚境失根的依親老人，則對子女的孝心嘖有煩言。他們，一言以蔽之，心存故國，緬懷過往，而對現實抑鬱寡歡。相反的是另一群人，他們習慣於老美直來直往的處事作風，保持距離的交友態度，甚至美國的披薩、漢堡也能果腹；老人對此間靜謐的居家環境，子女忙於生活，疏於探問的苦衷，也能淡然處之，自尋樂趣。他們對於故國濃郁的人情味並非全然忘情，對於中西文化的差異也常存憾心，只是，體認到過河卒子的無可回頭，唯有習慣週遭環境來煥發滋茂。這一群人，相對之下比第一種人過得充實愉快。不論是天賦異稟，或為後天鞭策，一個人對處境的習慣度就是「適者生存」的例證。醫學院的學生成績再優越，不能以平常心來下手解剖，永遠無法成為醫生。下放邊疆的知識分子，若拒絕與現實融合，只有崩潰自殺一途。對移民來說，認同新環境更乃首要之務。

從另一角度來看，慣性亦會造成人的麻痹沈淪。所謂「居芝蘭之室，久而不聞其香；入鮑魚之肆，久而不聞其臭。」曾經看過一部西片*A Letter to the Commissioner*，敘述初入警界的清純小子，對貪腐風紀嫉之如仇，日久終被同化，染上種種惡習。老舍寫駱駝祥子如何潔身自愛，守身如玉，卻受環境命運的一再打擊撥弄，終致墮落塵溷，在社會的醬缸裡載浮載沈。熱血青年憤世嫉俗，慷慨倡言改革，入世既久見慣不怪，甚至成為「水清無魚」論的得利者，年長之後反過來鎮壓改革，造成中國政治迄今專制獨裁的輪迴夢魘。與敗腐的大環境同流合汙，短期而言，或是出於「適者生存」的無奈應對；然而，飲鴆止渴只能解一時之急，最終的下場還是身敗名裂。貪汙的警官東窗事發，駱駝祥子得了一身腌臢，歷史上的拒絕改革者每成千古罪人。由是觀之，達爾文的「優勝劣敗，適者生存」，優劣不單指形體上的強弱，也意味道德上的堅持與軟懦。出汙泥而不染或許孤芳自賞，清冷人間，但是「質本潔來還潔去」的良心與令名，早已超越生存的層次，昇華為精神的永恆。

人生行路，或康莊，或險徑，或風和日麗，或霪雨終朝，不幸的是，我們能有多少選擇？多少掌控？又能改變多少外在環境？人，卻必須生存下去。何時何地可以認同、習慣，含黃蓮若甘飴，何時何地卻必須高潔自守，拒絕沈淪，是人生不斷的抉擇。

提升潛力

舊時民間常以星宿謫凡稱揚青史名流。與其說是迷信，不如說是中國人對於功成背後機緣錯綜微妙的迷惑難解。成功的訣竅，一言以蔽之，無非個人潛力的徹底開發，然而，芸芸眾生，庸庸碌碌，幾人幸得天時、地利、人和等諸般因緣契合，而使潛藏的天賦光大於世？

舉例說吧，中山先生若非生在洋風早薰的廣東沿海，又有家庭環境配合，得以負笈美國接受近代西方思潮洗禮，而是長於內陸貧窮閉塞的農村，縱有同等的睿智胸襟，也難成風雲領袖的一番事業，遑論寫就本本高瞻遠矚的救國經典。我們很難想像中山先生的潛力埋沒荒棄在偏遠的小農村裡，中國的近代史會何等的黯淡幽晦？不幸的是，潛力的埋沒荒棄正是常人無奈的宿命。

潛力好比深埋在地底的種子。無論何等優秀的種子，如果未能破土而出，也就一文不值；無論何等優秀的種子，都需要陽光、雨水、土壤的育化，才得發芽成長，茁壯拔高。同理，人人懷抱著獨特的天賦。潛力的深厚淺薄，固然決定日後成功格局的大小；可是，潛力能否提升發揮，發揮到何等程度，需要外在因素的配合。什麼是育化潛力的陽光、雨水和土壤呢？

教育是其一。教育啟蒙黑盲的心靈，是提升潛力的陽光。受教育不一定得上正規的學校，許多成功者，如莫札特、愛迪生，僅從父母在家學習；教育甚至可以靠自修，如林肯、王雲五。即使號稱無師自通者，常在觀摩他人成品後，境界才得大幅提升。啟發式的教育循循善誘，將封閉的內在天賦抽絲剝繭般釋放，源源汲出無窮能量；填鴨式的教育則僵化人的思維，抑制創作力，影響潛能的發展。但是，受教育並非人人皆可享的福祉。想想看，二十世紀的今天，地球上猶有數十億人口，因為赤貧、戰亂、偏見種種原因，根本沒有受任何形式教育的機會，以致龐大的人力資源白白荒棄，真是可惜復可嘆！

支持是其二。親人全力的支持配合，是開發潛力的沃土，年少時需要父母的鼓勵栽培，成家後需要配偶的打氣扶持，方可心無旁騖地發展潛力。但是，並非人人都有開明睿智的父母與配偶。父母經常以自己的意志喜好去安排子女的前途，而刻意忽視子女的潛力所在，於是，多少應該在文史藝術上璀璨發光的奇才卻成了心有所憾的醫生、律師。屈就於現實，不敢也不願在另一半背後鼎力支持，好讓對方全心衝刺的配偶，常常扼殺了對方之潛力。近年紅遍中外影壇的導演李安，在成名前有好幾年無業可就，幸虧妻子信任他的潛力，無怨無悔一齊守得雲開見月明。宋代女詞人朱淑貞，才情不遜李清照，卻因父母對其吟詩弄詞的不以為然，與庸俗的丈夫又無法志趣交融，成就不如後者。其實，歷來多少女子，受限於「無才便是德」的謬論和沈重的家務負擔，而蹧蹋了豐美的潛力。新近選出的中研院士，十二人中唯一的女士劉翠溶，認為唯其單身，才能免於家務羈絆，全力在事業上發揮，令人感嘆「事業與家庭難以得兼」犧牲掉才女無數。維吉妮亞・吳爾芙的「莎士比亞妹妹論」顯示西方也有這種現象。今天美國的「玻璃天花板」何嘗不是壓抑女子潛力？

伯樂是其三。是讓潛力開花結果的及時雨。克拉克・蓋博初到好萊塢求發展，某製片人對他說：「你想在影圈有搞頭，先割掉一雙大耳再談。」蓋博沒有被冷嘲熱諷擊倒；可是歷來各行各業多少躍躍欲試的新秀，懷抱的青雲壯志卻跌碎在不識才者的輕慢冷待下，從此銷聲匿跡。反過來說，識才的伯樂，何嘗不能名利雙收？處身資本主義掛帥社會，致富一途即是競比眼光。能從青澀平淡中看出潛力，而在其上押注投資的伯樂，無論是經紀人、出版商、製片家，不但發掘了人才，也讓自己賺到盆滿缽滿。擴大來說，投資商品、股票、地產，也無非是比慧眼，識潛力罷了。

挑戰是其四。從年輪的圈圈圓環中，我們看到樹木在大自然的嚴寒酷暑下，猶不斷的自我擴展。安逸的環境，平順的際遇，駕輕就熟的工作，卻往往也是扼殺潛力的劊子手。齊白石年少時在長沙一人家做木匠，後來不知何事在法庭上罰打兩百下屁股，長沙不能再住，乃逃往廣西。於是改用鐵筆刻圖章維生。後來有機會跟吳昌碩學畫，而成畫壇一代宗師。有「經營之神」美譽的王永慶，年輕時在米店做學徒，有次因為出錯，只好離開東家，未料卻締創了塑膠業的傲世王國。齊、王二人如果始終安逸地留在東家，日後人生走的又是怎樣的一盤棋？的確，陌生的環境，險惡的人事，混沌的前途，全新的嘗試……在在令人戰戰兢兢，臨淵履冰之下，內在的潛能反而一一迸發，披荊斬棘開啟美麗新世界。所以西方人歡迎挑戰；挑戰，正是喚醒沈睡潛能的動力。可惜世人多半好逸惡勞，厭恨變遷，當然成功的局面也就局限於方寸之間了。

說調情

調情，調適情緒也，如調弦。人有七情六慾，恰似月有陰晴圓缺。可是，有人常喜樂，即使天塌地裂，也不過愁上片刻，一覺起床又是雲淡風輕。有人生年不滿百，卻懷千歲憂；今天才中樂透大獎，明日又是愁眉深鎖。美國最近公佈的一項研究顯示，一個人是否較易陷入情緒低潮，不快樂的時候居多，與他的年齡、職業、收入、教育程度無關，而是由先天基因注定，即所謂的情緒商數。換言之，智商高的人聰慧，情緒商數高的人擅於調適情緒，遭遇逆境時，憂煩很快就會過去；情緒商數低的人則拙於排愁解悶，歡顏難展。

基因注定情緒的掌控能力？我相信。古人身上尋去皆是印證。政海浮沈，寵辱交見，原是中國文人共有的無奈。因此，詩詞曲賦中每多貶謫仕宦的悲嗟怨歎。只是，一樣的流離失意，李白、蘇軾獨活得瀟灑昂揚，山水間信手拈來都是佳趣。有人認為分野在於「用世心」的濃淡，我卻以為天性的樂觀灑脫因素更大。蓋東坡一生，始終並無意向自了於紅塵之外。

再看西方樂史上的兩位作曲大師貝多芬與莫札特，境遇的坎坷困頓實不分軒輊。貝多芬屢屢失戀，終身未享家庭倫常之樂，中年以後活在逐漸失聰的陰影下。莫札特謀事無成，妻病子夭，受盡小人嫉妒排擠。兩人同樣的一貧如洗。貝多芬的音樂波瀾壯闊如大江奔騰，磅礴氣勢無人可匹，卻也充滿著憤鬱不平。莫札特的音樂則如雲雀在晴空裡展翅歡唱，優雅清亮，不沾一絲塵埃火氣。縱使至深沈悲哀處，訴盡世道艱酸淒苦，教人潸然淚下；可是接下去的樂章總如黑夜退去，曙光迸裂，一時間金霞萬縷，百鳥高鳴，希望之神又將歡樂帶回人間。成章於莫札特逝世前兩月的Ａ大調黑管協奏曲就是典型的例子，雖然彼時三十五歲的作曲家在健康與經濟上俱已山窮水盡。為什麼一樣的失意人生，作品風格卻是如此的迥異？情緒商數或為明證。貝多芬脾氣暴躁，態度嚴肅，對人不假辭色，對己要求更高，經常修改作品到必須以冷水澆頭保持清醒。字跡分析家從筆跡研判，樂聖心中充塞焦慮。這些都說明了貝多芬碰到生活裡諸般橫逆時，無力將憤鬱的情緒疏散，於是發沛於樂章中，成就一曲又一曲驚天地泣鬼神的傳世經典。莫札特天真爛漫，活潑外向，喜歡亂開玩笑、跳舞、飲宴。由此可見樂仙注重生活情趣，長於提升情緒，捕捉歡樂。是故，觀照斯人憔悴京華的落寞行路，卻見作品中恆常流露的溫柔浪漫之美，而歌劇代表作竟都是喜劇，吾人也不必驚訝其間的矛盾。捷克作曲家德弗乍克就說過：「莫札特是陽光。」這種教人歡快的達觀明朗本質，不也正是李白與東坡的特色？

是的，情緒商數高的人，前一刻尚為「亂我心者，今日之日多煩憂」而蹙眉，下一刻卻「長風萬里送秋雁，對此可以酣高樓」，調適情緒何等的優游從容。正是這般的優游從容，明知「人有悲歡離合，月有陰晴圓缺，此事古難全」，總能為一腔憾恨，在「但願人長久，千里共嬋娟」的祝禱裡尋到出路。因此，情緒商數高實是上天賦予的美好福份。

然而，將調適情緒能力高低歸諸天生的說法，不應做為宿命論者自暴自棄的盾牌。正如智商平庸的人更得加倍努力，有癌變基因的人尤需注重養生，一個容易陷入消沈情緒泥沼，難以自拔的人，若能體認一己情緒商數的缺陷，從而在精神修養上格外歷練，何嘗不能享受快樂的人生。

中國父母特重教育，近世對於子女的智商尤其關切。情緒商數論者指出，情緒商數高的人擅於處理人際關係，人緣較佳，往往比智商高的人更容易有成功的事業與美滿的家庭。這個觀念或許能夠扭轉中國父母對文憑的一意崇拜，而多花費心思培養子女健康豁達的人生態度。

情緒商數也讓我們了解，每個人調整情緒的能力不盡相同，因此也無所謂放諸四海而皆準的教育法則。中國傳統的「忍」訓與「喜怒不形於色」的期許，固然可以造就「泰山崩於前而色不變，麋鹿奔於左而目不瞬」的海深城府，對於某些人來說則是「不可能的任務」。與其要求情緒商數低者一味克制忍耐，不如教導如何開關渠道疏解憤鬱的情緒。渠道可以是哲學的修養，宗教的慰藉，文學的浸淫，朋友的扶持，運動的發洩，更可以是趣好的追逐，是軟或硬，是深抑淺，則端視個人的造化了。

挫折學

做了「美國人」的父母後，許多人才落實體會到「美國是兒童天堂」的說法。物質上，衣、食、玩具非但終年無缺，而且挑三揀四，求名牌，趨潮流，幾乎到了予取予求的地步。精神上，各階層的教育專家時時提醒為人父母者，不要傷害孩子自尊。所以，成績單既不排名，也不公開，上面印著斗大的字：「丙等也可取」(C is acceptable)。從小，每個孩子就不斷地被讚美：「你是獨一無二的」、「你是最美好的」。甚至，日本已經開發為一個可以說不的民族，美國的父母一族卻不能說不。因為專家再三告誡，否定句會造成孩子的負面價值觀。於是，父母言必三思，把「不要晚睡」硬從舌尖吞回，改道：「早睡對身體好。」

一干父母，不由在天堂裡憶苦思甜，回想起克難運動中成長的歲月。物質上，能夠初一、十五吃塊肉，新年添件新衣，就算小康之家了。玩具不但簡陋，而且多為自製。那時的孩子，有多少的夢想，多少的「求之，不得」。精神上，父母、師長隨意斥罵、打罰。考試不理想，當眾被叫起吃「竹筍炒肉」，幾乎是我們那輩人人皆有的經驗。考好也不一定聽得到讚美：「第二名？為什麼人家就拿第一？」一言以蔽之，我們那一代是在挫折感中長大的。

父母、師長佈置這樣一個充滿挫折感的成長環境，物質上出於無奈，精神上卻是刻意為之。中國人相信，人生充滿了橫逆，不如意事十之八九。因此，孩子呵寵不得，必須早早磨其傲氣，鍊其鬥志。小學課本就告訴我們：國父革命第十一次起義才成功，蔣總統幼時站在溪邊看魚逆流奮進而有所啟發，韓信有胯下之辱，李白有「鐵杵磨成繡花針」之悟……中學課本則有孟子的：「……故天將降大任於斯人也，必先苦其心志，勞其筋骨，餓其體膚，空乏其身，行拂亂其所為；所以動心忍性，增益其所不能。人恆過，然後能改；困於心，衡於慮，而後作……然後知生於憂患，而死於安樂也。」原來，人世間所有的苦難，都是承接天之大任的必修課。相比之下，聽幾句冷嘲熱諷，吃幾頓「竹筍炒肉」，根本是微笑以對的小事一樁。

「不乾不淨，吃了不病。」我們當年吃路邊攤長大，似乎也不見得比「天堂兒童」體弱多病，或許拜抗體之功。同理，從小被吆喝來、打罵去，似乎比今天的兒童還上體親心，了解「愛之深，責之切」的道理。更因為生活裡處處是挫折，早就見慣不怪，跌倒了爬起來繼續走。那像「兒童天堂」常常有青少年衝冠一怒，大開殺戒，死傷無數，問其動機，不過是受拒於某女孩之類的小挫折。近年臺灣青少年犯罪的手段日益殘酷，芝麻小事竟以砍殺了結，此輩身上每多巨款，自幼錦衣玉食可想而知。生活太平順，不知世道艱辛，看來對青少年未必是福。

然而，孟子以一千窮苦子弟崛起微賤勉人上進，如：貧農舜、泥瓦工傅說、魚鹽商膠鬲、囚犯管仲等，在生活普遍富裕的社會，只能做少數人的教材。事實上，朱門豪第，官宦世家，子孫出人頭地反而比普羅大眾青雲有梯，少花十年的奮鬥功夫。青少年更應該學習的是，人無千日好，天無日日藍。青天白日下也會一聲霹靂，轉瞬風雨。司馬遷對於挫折的應對也就格外實用。他說：「西伯幽而演《易》；仲尼厄而作《春秋》；屈原放逐，乃賦〈離騷〉；左丘失明，厥有《國語》；孫子臏腳，兵法修列；不韋遷蜀，世傳《呂覽》；韓非囚秦，〈說難〉、〈孤憤〉；《詩》三百篇，大抵賢聖發憤之所為作也。」列舉的諸君子，出身中上，也有相當的事業成就，就像司馬遷本身世襲太史令，家世與事業皆非勞動階級。但是，養尊處優並非生命一逕坦順的保單。司馬遷從諸君子飛來橫禍的發憤圖強中學得功課，於宮刑恥辱後成就不朽的《史記》。讓人想起失聰的貝多芬、患白內障的張大千、弱視的陳寅恪，依然創作、治學不輟。命運越頑劣，鬥志越亢昂，魔鬼也對他們束手無策！

或許上述眾人ＩＱ與ＥＱ俱高，乃能越挫越勇。唯其如此，教育子女如何面對挫折更是必須之惡。一個從小聽不見否定句成長的孩子，我很懷疑彼等一旦置身成人世界，如何坦然接受碰壁？而求職、推銷、競選、申請學校、追求異性……現實裡充滿了被拒的無奈。不知道如何面對挫折，或許正是新生代中酗酒、嗑藥、離婚、自殺、濫射比例偏高的因素之一吧！當然，對子女當頭棒喝也要適度，該讚美的時候不要吝於出口，像張愛玲影射她弟弟的〈茉莉香片〉，寫長期受父親與後母一味冷嘲熱諷的男孩，「成了精神上的殘廢」。如何藉挫折激發鬥志，而非挫傷自尊，當是「挫折學」中最微妙的一章。

見劣思齊

中國人相信見賢思齊。想想看，我們從小聽了不知多少遍的孔融讓梨，司馬光救友，二十四孝……中國的聖賢講盡了，就說外國的，華盛頓砍櫻桃樹，威爾遜因風雪罷課……再不濟，親朋好友，左鄰右舍，永遠有舉不完的模範生和乖寶寶說來讓你思齊：「你瞧瞧人家張家小毛……」或：「你為什麼不能像表姐一樣……」我們那一代，誰不是在這種「背景音樂」中長成？

好！等你多年媳婦熬成婆，終於自己也做了父母，一開口訓子：「你瞧人家約翰……」馬上就給小子們不耐煩地打斷：「拜託，不要把我和別人比。人家是人家，我是我。每個個體都有不同的特色，就像橘子和蘋果怎麼比？」倒變成他在教誨你了。你想，這年頭專家不是一再告誡父母千萬不能比較孩子，會傷孩子的自尊心。的確，當年老爹老媽拿遙遠的古人、外國人來給你做榜樣尚且可以忍受，把你跟活生生的張三李四比則大大地刺傷了你的自尊心。於是你閉上了嘴。

曾幾何時，你發現你竟變成了被比的對象。聽聽看：「為什麼瑪麗的父母不叫她上中文學校？」「為什麼湯姆的爸媽讓他整天看電視？」「為什麼人家過聖誕節有好多禮物，我們家只有幾件？」你告訴他們，每家有每家的文化背景、價值觀念；每一對父母依照自己的教育哲學培養下一代。將甲家的父母與乙家的爸媽比較完全是不公平的。小子們氣鼓鼓地閉上了嘴，原來他們的「比較哲學」也有不利的一面。

其實，小子們的「比較哲學」還真是看地方用呢！他們不喜歡父母拿好孩子來跟自己比，只因做一個好孩子太沈重艱辛。且看他們在學壞方面，有幾個記得「我就是我，他就是他」的原則？於是乎，別人抽菸、喝酒、吸毒、翹課、耍酷、穿名牌、發生性關係……我也跟著進。因為不如此做就顯得與眾不同；而與眾不同，就會成為眾人訕笑的目標。為了「認同」，大家一起沈淪，反正做壞事是那麼的輕鬆愉快。

這種現象可以說是今天全球青少年問題的亂源之一。且不說鼓勵「見賢思齊」的傳統教育方式是否有效，「見劣思齊」絕對不該以「同儕壓力」的理由來容忍。不幸的，許多教育專家似乎反其道而行。此間學校隨成績單附上一紙短函，要求父母勿將孩子表現與他人相比，因為每個孩子資質、性向不同。這點我完全同意。然而，學校在宣傳反毒、反菸酒等等方面，卻沒有強調「同儕壓力」的愚昧；而同儕壓力往往是青少年學壞的首要因素。甚至在某些方面，專家要求父母體諒子女的同儕壓力，做適當的讓步；所以，讓他們去奇裝異服搞怪，讓他們去為賺名牌打工，讓他們去參加瘋狂派對，讓他們去發生性關係……如果父母不同意，不讓孩子去做這些事，就是把孩子逼死在同儕壓力下。今天的父母在教育青少年上很難堅持他們的道德信念，只消一句同儕壓力，不問是非對錯，父母就得棄甲曳兵而逃。

為了應付同儕壓力，越來越多的學校乾脆規定學生穿制服，大家都一樣，也就沒得比，不知省掉多少是非。也曾聽一個朋友說，她女兒自從上了明星高中後，可以全力在課業上衝刺，不像以前成績好反成眾人取笑的對象。其實，消滅同儕壓力最好的對策，就是提醒青少年不要對「比較哲學」存雙重標準。如果你不喜歡父母拿你跟「賢」比，你也不該拿別的父母行止來期許你的父母；你更不該向「劣」認同，別人怎樣，並不表示你也得怎樣。畢竟，每個人都是一個獨立的個體。

缺席

早上出門前，媽媽正在罵姐姐。七歲的妹妹知道此時最好保持安靜，免遭池魚之殃。可是她真有話要對媽媽說：「今天下午兩點，您來看我演話劇好嗎？」憋著這句話離家，一路到學校，終於讓她盤算出一個好點子：「黃阿姨，您回去可不可以打個電話告訴我媽……」送她的黃阿姨答應了，她卻仍然忐忑不安，萬一黃阿姨忙得忘了呢？吃中飯時，她悄悄走去校長辦公室，對著高大威嚴的詹姆斯太太，她囁嚅著說：「我可以借用您的電話嗎？」然而，媽媽終究還是沒有來。為了生活，媽媽得帶一屋子的小孩。她和姐姐讀的這間名聲蜚然的貴族小學，是媽媽每天擦多少嬰兒屁股，餵多少瓶奶湊出的學費。媽媽，實在走不開。

母親A跟我說這個故事時，臉上煥發著驕傲的光采，她的小女兒確是不凡地聰明靈巧。可是，我心底卻泛起一份深沈的淒楚，為那獨力養育女兒的母親，也為那苦盼不見母親來看她演戲的小女孩。在臺上，她的眼角餘光必不時掃向門口，在期待與失望中和她的臺詞、走步掙扎……不由想起另一對母女的故事。

母親B生活於社會的另一個階層。夫婦倆俱是名醫，診所遍佈城中。住得自然是幾百萬美金的華廈，雇了一群人，園丁、司機、管家，照顧華廈和子女。既無後顧之憂，他們安心地在外工作，每天回家已是九、十點，孩子早已入睡。早上起身，孩子又上學去了。直到有一天他們突然發現，女兒已出落得婷婷玉立，是個十足的少女，卻也具備了青少年最頑固的叛逆性。於是發憤管教，欲把壞習性強扭過正，自此家中爭吵不斷，幾無寧日。有一天父親出了車禍，傷勢頗重，母親打電話給正在外州滑雪的女兒，囑她儘速回家。次晨父親不治辭世，母親又打電話去催尚未動身的女兒：「快點回來吧，你父親今晨過世了。」電話線那頭沈默良久，然後──沒有呼天搶地的號啕，也無幽咽難止的飲泣，而是一番讓母親肝腸寸斷的話語：「既然已經死了，我索性再玩幾天再回來，反正回來看到的也不過是具死屍。」

朋友夫婦鶼鰈情深，丈夫過世一年後，說起夫婿依然淚盈於睫。可是談到這段往事滴淚未流，青白的臉上那種心灰意冷的孤絕，更令人嘆息。她並不恨女兒，恨的是自己：「在她成長的日子裡，我們始終不聞不問，把一切都交給管家料理。管家英文不好，學校常要學生帶這帶那，又要父母來參加這參加那，管家哪裡曉得？可憐她小小年紀，屢屢在學校成為異數，時間久了怎不恨透自己的父母。」是的，每一次的忽略都在小女孩的心版上刻下血淋淋的刀口，創傷剛結疤，新的利刃又劃了下來，縱橫無數的疤痕終於將一顆稚嫩真純的心摩擦得粗礪麻鈍，只有這樣的心才會說出如此狠硬無情的話。

美國有首歌曲名為〈搖籃裡的貓〉(Cats in the Cradle)。歌中的小男孩一直問爸爸：「爹地，您什麼時候回家？」父親總是說：「我不知道，可是我們終會團聚，兒啊！我們終會團聚。」如是幾回下來，兒子長大了，變成蒼老的父親一直發問：「兒啊，你什麼時候回家？」兒子總是回答：「我不知道，可是我們終會團聚，爹地！我們終會團聚。」最後一句歌詞是父親說：「他正像當年的我。」Harry Chapin 的這首歌真是寫透世道無奈。中年人或忙於謀生，或汲於享樂，往往犧牲與子女共處的時間。只是，歲月倏忽而逝，光陰不會因人駐足，一旦錯過子女的成長，追悔無益，補救無門。諷刺的是，年華老去，仔肩重任卸卻，有悠閒餘情去享受親子樂，子女卻正酣戰於事業，無暇承歡眼前。然而，這份無奈不能減至最低程度嗎？

芭芭拉・布希曾經說過一段寓意深長的名言，大意是說：暮年回首，一個人後悔的不是沒談成一筆生意，或失掉一個更上層樓的生涯，而是錯過與家人共處的時間。的確，錢可以再賺，聲色犬馬可以再享，子女一旦離巢去家，父母一旦百年歸西，就只有惘然惆悵的追憶。上述的B家夫婦減少幾個診所，多花點心思在孩子身上，也就不會有人倫悲劇。世界上有的是頂尖的運動員，代出風騷；有的是酒醉金迷的娛樂，華麗絕倫；然而，孩子在球場上的一場比賽，舞臺上的一齣話劇，卻是萬金難買，一瞬即逝。願天下的父母子女，都不要在家人的殷殷企盼下，做一個缺席者。

告狀？私了

當我還在臺灣時，就聽過一種說法：中美教育兒童對付別人的推打是截然不同的態度；中國父母對孩子說：「告訴爸、媽、老師，不要自己動手打回去」；美國父母則說：「打回去，讓對方知道你不是好欺負的。」來美後十幾年，在中文報紙與朋友閒談中，也經常見聞到這種說法。從前沒有小孩，倒也不去思考這種教育差別孰優孰劣。然而，在經歷兩個小孩陸續上學後，從老師和其他美國家長的反應來看，不禁對上述說法起了疑問。

我相信讀者中很多人都聽過這種說法，那麼請自問：「是從美國友人、報章上得到的觀念呢？還是中國人圈子流行的說法？」我曾經問過十幾個美國同事，當年父母是如何告訴他們的，有小孩的更加問：「你又是如何告訴你的孩子？」有的人已經忘了父母的態度，不過他們一致認為，教小孩子動手回打絕不是正確的方式，應該讓大人來排解兒童的糾紛。換言之，美國父母在這一點上與中國父母是不分軒輊的。然後有老美反問我何以有此問，告之以：「據聞美國父母告訴孩子打回去，不要手軟云云……」他們的解釋是「視孩子年紀而別。幼小無分辨是非能力時，不可以教他們回打；及長，若有同學、玩伴一再欺凌，而老師知道卻束手無策，那麼可教他們打回去以收嚇阻之效。」如此解釋比較合乎情理，雖是最後對策，卻非上策。

為何有前述流傳的說法呢？根據我的忖度，可能有以下數因：一、確有美國父母認為打回去而不必經過告訴老師這一步驟是對的。遙想當年老美西向拓荒，在法律管不到的化外之地，以眼還眼，以牙還牙是唯一的生存之道。有些老美或許尚未「進化」過來，所以槍枝既可自由買賣，教小孩子動手打回又算什麼？二、出於誤解。美國人常說要強硬 (Be tough)，又說要打回去 (Fight back)。老美的教育經裡沒有「委曲求全」，他們告訴孩子，要爭取權益，絕不可讓自己坐待宰割。在美國做了十幾年事，親眼見到老美捍衛自己的強悍作風。有兩個盛氣凌人的經理，硬是給嚇不下氣的部屬弄掉紗帽。平日購物、就醫，更是一覺吃了虧就毫不遲疑地採取行動。這些強悍作風，讓老中們覺得「教孩子動手回打」也是典型的老美原則，殊不知所謂的“Fight back”是透過合理管道反擊，而非動手私了。在美國，你儘可告狀，有大大小小的機關、法庭供你喊冤，可是絕不可動手打人。一打人，有理的也變沒理，對方反要控你傷害呢！三、只聽了一半的話。老美認為動手回打，只有在對方毫不受老師約束、一再挑釁的情況下才可行之。

教孩子動手回打，無異是教之「以暴易暴」，絕不是理想的教育方式。如此培養大的孩子，當遭遇挫折、困難時，輕易向拳頭尋求幫助，而不去尋求其他的解決之道。譬如：洛杉磯的白人警察毆打黑人，結果遭白人陪審團判無罪，黑人憤怒之下又打殺白人、亞裔洩憤，如此冤冤相「暴」無有寧日。同樣的，在教室裡甲打乙，乙回打甲，甲又打回，最後不是拳頭大的叫拳頭小的住手，就是兩人扭打成一團。可想而知，老師斥罵的絕非僅是先動手的甲。再者，小孩未知輕重，有時操起手邊的東西就回打，可能造成對方重傷。近年美國校園暴力日趨嚴重，有四分之一的市區中等學校對學生施行金屬偵測，以遏阻槍枝氾濫。這些青少年自行了斷同儕間的紛爭，拳頭比不過就比槍，多少年輕的生命就在意氣下化為煙灰。

最近讀到《華爾街日報》一篇探討美國南方人為何暴躁好鬥的文章，十分有趣。密西根大學心理學家尼斯貝特為了了解南方人暴烈這種說法是否屬實，特對全美中小城市白人謀殺犯進行研究。種種數據無不證明南方人的謀殺案比率，確比北方人高出一倍至一倍半。過去的解釋是，南方的炎熱氣候、貧窮和奴隸制的影響。尼斯貝特則認為，南方人的祖先多半是來自愛爾蘭和蘇格蘭的牧民，有使用暴力來護衛榮譽和財產的文化傳統。他的調查顯示，南方人更熱中於鼓勵孩子在受到同輩侮辱時以拳相向。

由此項研究可以看出鼓勵私了並不是美國教育的主流。而且，鼓勵私了的教育哲學造成社會上更嚴重的暴力問題。中國人在異域生存，常常在入境隨俗下採用當地的價值觀來教育子女。如果誤以為私了是保護子女的上策，很可能造成嚴重的後果。盧剛就是很好的例子。他激賞美國的槍枝買賣制度，誤以為槍枝可以了斷人間的一切不公不義，最後釀成無法挽救的悲劇。

處理兒童糾紛最好的方式，應該還是大人的調停。有時候，動手先打人的可能非啟釁者。如甲在玩積木，花了好大心血堆砌出一座城堡，乙走過來卻一把推倒，甲憤怒之下以拳相向。乙若回打過去，並且把甲制服得乖乖的，能說乙對甲錯嗎？大人出面，問清來龍去脈，才可令甲乙雙方明白自己的錯處。美國老師多半告訴學生，有糾紛時務必讓老師知道，而不鼓勵孩子間互相打罵。自行了斷即使可以暫時停止紛爭，卻不能化解紛爭的癥結。舉例說，美國孩子取笑中國小孩單眼皮，中國小孩恰好比美國小孩孔武有力，於是一拳打住了他的侮辱。然而，拳頭打息了美國小孩的偏見嗎？也許更讓美國小孩仇視中國人。反之，中國小孩向老師報告，讓老師來做機會教育，解釋種族偏見的荒謬，才能讓美國小孩了解是非黑白。當然，班上總有幾個孩子比較容易惹事，搞到後來老師也疲了，對於告狀愛管不管的。那麼，家長就應出面對老師，甚至校長施以壓力，要求學校與對方父母溝通，或者對該生施予特別輔導。最重要的，是父母該讓兒童明白，被打而不還手並非懦弱的行為；告訴老師，也不是膽小雞的表現。只有野蠻人才私鬥解決糾紛。文明社會是靠仲裁機關來排解爭端的。而老師，就是課堂上的仲裁者。

為有源頭活水來

在美國住過的人，對於花旗國的教育弊端信口即可滔滔指陳，尤其初中與小學課程的鬆散，真讓激烈升學競爭洗禮過的亞洲移民不敢苟同。但是，美國百年來睥睨群雄，而且以當前的經濟榮景與科技領先形勢觀照二十一世紀的霸主地位，還真沒有什麼國家可取而代之。國強民富固然有眾多因素，教育機會的俯拾皆是應是他國難望項背的超級資產。

亞洲國家的人才培育屬金字塔式。一路考上去，層層淘汰，最後拿到學士、碩士、博士的只是少數菁英。一將功成萬骨枯的代價是知識的高處不勝寒，被刷下去的人日後終身與學校絕緣。而頂層知識分子在長年的過關斬將後，多半筋疲力竭，拿到學位後也就將書本置諸高閣，逍遙紅塵去也。於是，大學校園裡就有一本講義教三十年的教授，社會上就有從不進修的專業人員。這樣的國家，知識界彷彿一潭死水，日久蚊蟲孳生，豈可指望利國益民？

美國的教育宗旨則是學海無涯，隨時歡迎涵泳。年少荒唐，中年一事無成，甭愁，回學校補修文憑；從前學的不實用，社會上撞得鼻青眼腫，甭愁，回學校修一門市場熱賣，兩三年後鹹魚翻身，又是好漢一條；昔日所學不合性向，日日撞鐘了無生趣，甭愁，回學校修心養性，學文習藝。只要有心向學，任何時候都可以找到學校收容你，也總可以找到需要的科目進修。何況，豐儉由人，公立與教會學校的廉宜學費，課程又安排於晚間或週末，更讓背有家累的中年人無法託辭推卻再教育的機會。

事實上，整個「用人唯材，不重年齒」的社會生態就令人學習盡瘁，死而後已。大學教授不勤於鑽研，時時發表論文，地位則岌岌可危，這種"publish or perish"的存亡壓力，逼迫許多人捨學術界而就企業圈。然而，抱著工程師的鐵飯碗意圖頤養天年，不數年必遭一波波的年輕後浪滅頂。且說當今最熱門的電腦工業，從業人員看似吃香喝辣，遊走各公司，背後卻有滿腹辛酸。由於電腦科技不斷推陳出新，軟體、硬體汰舊率不過三年五載，從業人員必須常常上課學習新技，否則抱殘守缺了無市場身價，裁起員來就走投無路了。受到電腦化的影響，其他行業的工作人員也必須學習操作軟、硬體，學習再苦仍是「必要之惡」。於是，在美國的成人課堂裡，銀髮族與新人類排排坐，大經理與小職員共切磋，各色肌膚調出「五族共和」的彩虹。正是這般的全民教育，使得美國的知識界永遠活水流動，生機盎然。難怪科技如奔騰大江，一日千里，沛然莫之能禦。

相比之下，中國階段性的學習生態，使得多數人離開學校後就不再進修，人才的生鏽荒廢該是國勢積弱的主因。然而，中國的杏壇祖師爺——孔老夫子，又是如何的身教言訓？且看《論語》如何勾勒孔子的好學：

子入大廟，每事問。——〈八佾〉

子曰：「朝聞道，夕死可矣。」——〈里仁〉

子曰：「敏而好學，不恥下問。」——〈公冶長〉

子曰：「十室之邑，必有忠信如丘者焉，不如丘之好學也。」——〈雍也〉

子曰：「默而識之，學而不厭……」——〈述而〉

子曰：「……發憤忘食，樂以忘憂，不知老之將至云爾！」——〈述而〉

子曰：「三人行，必有我師焉！」——〈述而〉

原來，孔子的好學不受年齡影響，不為環境左右，更不拘學習對象。道高學深的李聃，孔子固然執禮請教；鄉野隱士的譏諷，孔子也虛心受之。自言十五歲立志向學，到了七十多歲的高齡猶窮研《易經》不懈，甚至祈求老天爺讓他多活幾年將易理學通，做人處事就可通達無過〈述而〉。這種發自內心對學問的狂熱追求，不要說境界遠高於美國某些為"publish or perish ”情勢所迫皓首窮經之輩，更愧煞臺灣一本講義用上三十年的部分教授們。

雖奉孔子為至聖先師，後世的中國人為何普遍缺乏「發憤忘食，樂以忘憂，不知老之將至」的終身學習熱情呢？唐代韓愈在〈師說〉一文中有針針見血的剖析。他指出一般人選擇良師來教孩子辨字唸句的基本知識，自己卻以跟老師學解人生疑惑為恥。因為，一旦年長，向年紀差不多或更輕的人學習，常常受到世人嘲笑。向社會地位低的人請教他們的專長，也被別人看不起。古之聖人如孔子，資質出眾，猶不恥下問；後之眾人，天賦平庸，卻恥於學師，於是，聖人越發聖明，愚人越發愚昧。同理看國際勢力，強國越強，弱國越弱，癥結無非在於國民的終身學習態度。

對個人而言，學習也是長保心靈青春煥發的活水泉源。上了年紀的人在學習新領域時，彷彿回到學生時代。學習過程中雖有痛苦，一旦突破瓶頸，豁然開通的嶄新視野為一成不變的生活帶來蓬勃朝氣，比不斷戀愛更讓人感覺年輕充實，畢竟，學習不必擔心失戀。如果不是出於生計所迫，去社區學院修幾門有興趣的課，或出席社團舉辦的各種講座，或上圖書館借書、借錄影帶，按圖索驥探尋新知，更為人生至樂。至於中、老年人擔心的記憶力退化，正可藉成熟的理解力彌補。走過世情冷暖，對於人文藝術的欣賞，我輩不是比新人類更多一份玲瓏剔透？

九種妨礙終身學習的心態

張繼高曾經列舉九種人不太讀書：

一、居高位攬大權；二、自覺有錢；三、名氣聲勢大過實質；四、紅袍學者專家；五、丰豔仕女；六、媒體寵兒；七、不細讀報刊；八、不求甚解，知能漠然；九、沒有讀書的朋友。

當年此語轟動海內外，今日更成繼高先生的傳世名言。然而，他只列出類別，並無進一步的闡釋，一經推敲便見偏頗之失。難怪余秋雨就很不以為然，認為每種類型的人都有愛讀書與不讀書者，與身分、職業、處境、性別、美醜，均無關涉。但是，張言也有幾分道理，我且模而仿之提出有九種心態是終身學習的障礙。

一、朕即真理。居高位攬大權者，於普世「英明」歌頌聲中，等閒養成目空一切心態，自我膨脹下豈有向學空間？一九八四年雷根當選總統連任，《紐約時報》即以〈雷根和專家們〉為題，具文針砭：「雷根對他總統職權下的重大問題並無清晰領會……可是他堅定地仰仗威權，堅決地不理睬專家。」文中以經濟舉例，專家建議以增稅或節流降低赤字，雷根偏偏減稅復擴大軍費，以致赤字愈發嚴重。然而，雷根種種挖肉補瘡的措施確實造成一片繁榮假象，連《紐約時報》也迷惑茫然，一直到五、六年後世人方才看到雷根政策的遺毒。以美國的民選制度，總統尚對專家嗤之以鼻，則獨裁元首的一意孤行可想而知。毛澤東當年怒斥馬寅初的「人口論」，造成的龐大人口壓力讓後世子孫叫苦連天。但是，居高位攬大權也有虛心向學者，康熙貴為中土至尊，卻樂於從西洋教士學天文、數學，如果後繼者也有他的胸襟見識，中國近代史絕對是另番氣象。

二、財大氣粗。以金錢衡量一切，遂視學問為糞土。常聽此輩道：「老子小學畢業，賺的錢比博士還多。」然而隨著工業升級，商場與科技掛鉤，行銷不離研發，不識斗大字而能發跡致富的舊式財主將成絕響。

三、自認飽學。既有飽學名聲於外，便難放下身段，虛心向學。就問於學養相當或更高者，等於承認我不如他；下問於默默無名或年輕後輩則是面子掃地之舉，動輒擺出「我過的橋比你走的路還多」的驕倨嘴臉。殊不知學海無涯，誰能遍曉天下知識？孔子當年初入太廟助祭，事事物物皆加詳問，就有人譏笑道：「誰說他知道禮呢？什麼都要問。」賢哉孔子不為所動，一生服膺「不恥下問」信念，方成學術道德上的萬仞宮牆。

四、心態蒼老。有些人正當盛年，倒覺年齡老大、骨骼硬化、記憶衰退、精神不濟、學習力有不逮。其實，記憶、體力雖走下坡，理解力卻因歲月精鍊而成熟煥發，此時學習人文藝術別具慧心，即使學新科技如電腦、電器，也未必輸於年輕人。孔子七十餘高齡猶窮研易理，抱著「朝聞道，夕死可矣」的無悔；史學權威黎東方八十餘歲才開始學用電腦，實是六、七十歲的小弟弟、小妹妹們師法的模範。

五、囿於偏見。無知造成偏見，偏見又拒絕求知。常聽人以「看不懂」、「聽不懂」、「沒興趣」、「沒啥好學」等斬釘截鐵的斷然排斥新領域的探索。這種拒絕打開一扇又一扇明窗的頑固分子，一生錯過多少世間風景猶洋洋自得，與井蛙何異？

六、耽於逸樂。學習如產子，必經陣痛過程，方得寧馨嬌兒；又如蠟梅，不經寒徹骨，難得撲鼻香。不能堅持苦學的人，往往稍遇瓶頸即棄甲曳兵，白白丟捨修成正果的海闊天空。許多學習班上，一開始總是濟濟多士，隨著課程進展紛紛逃退，最後能剩下三分之一就是常態了。所以耽於逸樂者必得過且過，懶於學習。

七、只重外貌。此輩對於服裝、髮型、美姿的潮流或許終身亦步亦趨，其他知識則五十年不變，層面既窄且淺，屬於「三日不讀書，言語乏味、面目可憎」之流。

八、自認沒錢或沒閒。處此知識爆炸時代，學問早非貴族禁臠，圖書館、網路鋪天蓋地，昔日王雲五、林肯出身微賤還能修得滿腹經綸，今人實在不應藉口沒錢推卻學習。有心向學，沒閒也可以擠出空檔，事在人為罷了。

九、患有科技恐懼症。事實上，出於競爭，時下的科技產品皆力求便於使用(user friendly)以招徠顧客。如同對待野馬，一旦克服畏懼，馴為己用，從此捨徒步而風馳電掣，電腦排斥者曷興乎來？

韓愈〈師說〉講的好：「無貴、無賤、無長、無少，道之所存，師之所存也……是故弟子不必不如師，師不必賢於弟子。聞道有先後，術業有專攻，如是而已。」終身學習，其實是沒有藉口可推卻的自強不息。

無盡的閱讀

談我的文學啟蒙，應由啟蒙的定義兵分兩路：狹義與廣義。

狹義來說，當指童年時期大量閱讀課外書而對寫作產生興趣的因緣。當年在升學主義的戰鼓頻催下，一般學童閱讀唯教科書是尚，寫作唯「模範作文」為本，閱讀課外書籍常被父母、師長視為浪費時間之舉。再說，彼時臺灣的圖書館既少，大部分且非開架式，許多人童年的閱讀經驗就是偷偷躲在租書店裡看《四郎真平》、《阿三哥與大嬸婆》之類的連環漫畫。

比較起來，我是相當幸運的，童年在閱讀、寫作上始終受到美式教育的鼓勵，這點應該感謝再興小學的朱秀榮校長。朱校長的辦學方式有許多美式作風，譬如：每間教室都有一櫃子的課外書，學生必須借閱，然後交上讀書心得。即使在山雨欲來風滿樓的六年級，面對初中聯招，依然如是。

櫃裡是些什麼樣的課外書？這點應該感謝東方出版社。社長游彌堅在臺灣光復初期致力推行國語，或許鑒於當時的兒童讀物市場如同荒原，便邀請專業人員將中外名著改寫為兒童版。當年東方出版了兩套兒童叢書，一套是中國名著，從《西遊記》、《三國演義》等經典到《彭公案》、《羅通掃北》等稗官野史，舉凡適合學童閱讀的中國通俗文學皆收羅殆盡。另一套則是世界名著，也以兒童吸收能力著眼，包括《鐘樓怪人》、《福爾摩斯》等。記憶中這兩套叢書一直有新書上市。學校的看完了，就纏著父母去重慶南路的東方出版社買新書。這方面我也得感謝父母的開通，不認為讀閒書是浪費時間，總是滿足子女購書的要求，還為我們訂閱《國語日報》、《新生兒童》、《讀者文摘》等眾多刊物。

我就是在這種氛圍下，初窺文學天地的瓊華瑰麗。原來，平面的、無聲的文字，竟然可以堆砌出巍峨的高堂盛殿，進門後固然金玉鋪陳，香花佈列，而門後有門，屋中有屋，每一扇門啟處，又是一陣眼花撩亂。讀《基度山恩仇記》，不正是這等感受？學生時代便常從數理生化這些枯燥的學科中出走，避遊到文學的明山秀水裡。長期浸淫中外名著，從中習得課本以外的辭藻字彙，作文課上正好現買現賣，不時惹得老師驚豔，讚譽有加，自然就對作文課、寫日記興趣盎然。讀課外書也開啟了我的想像力，讀書心得常常寫的是自編的書，胡謅作者、內容，當然這些都是「洋書」，還記得有一本我取名叫《冰島歷險記》。現在想想幼時的「欺師之罪」真是膽大妄為，還好于啟瑞老師從不揭穿我的謊言，一直對我的作文鼓勵有加。

一旦愛上閱讀、寫作，幾乎情繫終身。然而，隨著年齡的轉進，吸納層次亦有所別，人生其實受到一連串無休止的啟蒙，這是我對啟蒙的廣義解讀。

初中時迷瓊瑤，她的作品境界不深，跳離不難，卻讓我戀上詩詞的風姿綽約。瓊瑤引用的詩詞非但切合場景、氣氛，而且美得蕩氣迴腸，字字催淚。因而課餘自發自動地捧著唐詩宋詞背誦不已，後主、東坡、清照的詞至今首首能背，〈長恨歌〉、〈琵琶行〉洋洋灑灑猶能記得七、八分。初中時也迷《簡愛》、《咆哮山莊》等西方愛情小說。浪漫的情節是使「少女情懷總是詩」的我沈迷的主因吧。

高中時校園風行文星叢書，李敖、殷海光、陳鼓應，他們向傳統挑戰，對權威質疑的憤怒吶喊，讓青春期的學子眼界大開。原來，歌功頌德粉飾的太平浮相後面，成人世界的暗濤洶湧竟是吞人不吐骨頭的。

大學四年可說是一生中最快樂的歲月，正式向數理生化告別，生活中盡是讀詩、讀散文、讀小說。外文系向我開啟西洋文學的視窗，從希臘的神話、史詩，到歐陸易卜生、莫里哀的戲劇，從英國的喬叟、莎士比亞，到美國的梭羅、艾略特，西方文學蘊涵的人情世故或許有宇宙共通性，然而，表達的形式，背後的傳統，梳理的思維卻又風格各具，迴異於中國文學。外文系四年可說是西洋文學對我的正式啟蒙。

來美之後，從事的領域完全與文學無關。不過，因著興趣，閱讀、寫作已經融成生活中不可割捨的一部分。林語堂當年不讓兩個文學資質相當高的女兒進大學，教人費解，實則他對讀文學的詮釋鞭辟入裡，他認為學校將學生關在課堂，由教師將知識注射入腦殼，是為文憑而入學，幾年下來不過多讀了數十本書。真正的讀書未必得上學堂，而是隨興所至去看書，發掘問題，由看一本書而不能不去找相關的十幾種書，觸類旁通，廣求博引，日久自可升堂入室（見〈讀書的藝術〉一文）。入社會後我讀各種書籍，對於《紅樓夢》、張愛玲作品、音樂家傳記，更是興趣而深入，所有與此三項有關的著作皆令我眼睛一亮，必讀而快之，甚至由《紅樓夢》而回歸到中國的經典古籍。既隨興至，談不上嚴謹治學，從未奢望成為大家，然而視野廣拓，日新又新，每一天都可以享受到茅塞頓開的啟蒙狂喜。

寫作也是如此，社會大學所教的比學校的寫作課更周延持續。一位喜歡寫作的朋友感嘆腹中詞彙太少，我建議她在閱讀時多注意別人的遣詞用字。旅美的這些年，《世副》就是我寫作上的最佳良師，常在閱讀他人文學時驚嘆辭雅句新，佈局活妙，餘韻悠遠，這些啟示存於胸臆，下筆時皆可運用自如。

如果，你曾因為升學壓力、家庭觀念、政治運動種種因素，童年未受文學啟蒙；如果，你因生活奔波、兒女纏身、家務操作早已遠離昔日所愛的文學，那麼，從今天起每天讀上數頁有興趣的書，中年成熟的心境，必能讓你心領神會，日嘗啟蒙之樂。

長恨此身非我有

幼年或胸懷壯志，作文課寫下師法亞歷山大帝為「我的志願」；然而，行至浮生勞碌的中年，家庭與工作兩頭燒，許多人最羨慕的英雄大概是那叫亞歷山大閃開，別妨礙他曬太陽的希臘哲學家戴奧真尼斯。且看洋人往草地、沙灘上一躺就是老半天，前曝復後曬的舒坦勁兒，大有雖南面王亦不易的滿足。

我對曬太陽一點興致都沒有，可是了解那種無所事事的優閒快感。常常睜開眼躺在床上，覺得新的一天沒有非見的人、非做的事、非去的地方，可以隨心所欲躺到想起身方下床，就是人間至高無比的幸福。別驚訝我的胸無大志，實在是孩子降生後，不嚐此味久矣。平日朝八晚五，外加車陣裡耗去兩小時，固然身如轉陀；好不容易捱到周末，想賴床片刻，嗷嗷待哺的小傢伙已聲聲催逼老媽子打理早餐了。要不就是看電視、搶玩具、打罵告狀，一次又一次向父母的酣睡度與耐心挑戰，如是賴床興致全無。近年孩子稍大，可以自理早點，自尋樂趣，但是週末活動特別多，學琴、中文學校、生日派對，處處都靠父母做司機，還有家中裡裡外外的烹煮清掃……於是張開眼，腦子就得盤算一日待做之事，彷彿時間之鞭打在背上，催我速速下床。久之，遂不知終日無事是何滋味。

所以，當上司告訴我，為了慰勞我過去一月下班後還要進修新技術的勞累，決定放我一天假，我直覺反應說：「太好了，正可拿這一天來複習所學。」上司急忙道：「不，不，把上課、工作拋諸腦後，這一天是要妳完全放鬆，做妳喜愛的事。」

只是，身為母親，早上依然得張羅兩個孩子上學，大的七點半坐校車，小的九點出門，期間燙熨衣服，整理廚房，一個清早就匆匆溜過。然後草草更衣，去赴醫生之約。多年的生理困擾，雖稱不上疾恙，卻頗煩人，然而醫生總是等閒視之。近日從朋友處得知一種新療法，想聽聽醫生怎麼說。結果又是敗興而出！原來行醫這行，終年閱人無數，聽盡牢騷抱怨，除非碰上有生命之虞的頑疾，總不免把病人的訴苦視為無病呻吟。眼前這位老兄，就認為我那要不了命的困擾，與其勞師動眾去而快之，不如做「心靈改革」，煩惱既化菩提，便可與其和平共存。不過，為了安慰我難掩的失望神色，開了一帖藥叫我去買。

怏怏地坐在藥房裡等藥，倒看見了一幕趣劇。一個母親拿著抗生素糖漿要餵兩歲的兒子，小傢伙拒絕交出吸管，一定要自己吸，管子偏偏拿反了，分量也掌握不住，折騰半天，才聽母勸繳械。誰知抗生素甫入口就吐了出來，任憑母親如何勸也不願再嚐，一面口齒不清半哭半吟：「我不喜歡嘛。」「你不要耳炎痊癒嗎？」「不要。」「吃完藥給你一顆糖。」「不要。」可憐的母親，在眾人眼光注視下與頑固兒子周旋，威脅利誘之餘尚且擔心他人批評，寵溺？虐待？終於豎起白旗。她請藥劑師換糖漿為糖片，小鬼仍不賣帳，嚐也不嚐一逕哭喪著臉道：「我不喜歡嘛。」母親氣得站起來就往外走，小的跟在後頭，右手豎起食指與中指，不知是說他贏了，還是他兩歲，那模樣挺可愛，但是母親回家後若把他狠揍一頓再將藥灌下，我一絲兒也不會驚奇。唉，天下還有比跟小鬼講理更艱鉅的任務嗎？

拿到藥去游泳。星期二早上的游泳池人不多。游起來縱橫自如倒像私家所有。游罷泡熱漩渦浴，正將全身放鬆享受熱流摩挲，來了一黑一白二女子，白女孩十來歲，眼神呆滯，專注地把玩著池中的白泡沫，喃喃稱道為冰淇淋。黑女子二十來歲，是白女孩的保姆，一直催白女孩回家，後者置若罔聞，只顧玩泡沫。保姆不得不加重語氣說：「我們非走不可了。」過了一會我也起身去更衣室，在門口看見白女孩正在發怒，不斷地以頭撞磁磚鋪的牆，保姆一邊把她抱住，一邊叫她冷靜。可是女孩無法控制怒氣，仍然以頭撞牆，發出恐怖的響聲。她們擋住了門，站在後面的我問保姆是否需要幫忙，她回頭對我微笑說不，挪移身子讓出空間，從容堅定，令人肅然起敬，可想這種情況她已司空見慣。淋浴時我逐漸從震驚中回過神來，不禁為女孩的父母悲哀。智障兒是父母胸口永遠的疼痛，一生的牽掛；有暴力傾向，或歇斯底里症的智障兒，則是父母雙倍的折磨，時時生活在擔驚受怕中。此刻，女孩的父母在哪兒？不得不把照顧的重擔交到沒有血緣的第三者手上。他們放心嗎？相信常常有保姆受夠了這種沮喪的職業，提出辭呈，他們必定惶惶然尋覓替代，再將無力自理的女兒交給另一個陌生人……。

素愛蘇軾的豁達隨遇，宦海沈浮，總以恬淡自適。從貶謫杭州、黃州期間的政績，可窺其治世的用心。然而，迭遭政爭牽累，君威反覆，世態炎涼，縱才情、襟懷出塵高舉，東坡也不免時感心灰意冷。〈臨江仙〉中自道：「長恨此身非我有，何時忘卻營營。夜闌風靜縠紋平，小舟從此逝，江海寄餘生。」現代都會中擦肩而過，步履匆促，神色倉皇的紅男綠女，即使是白領貴族，何嘗沒有「何時忘卻營營」的喟嘆。因此，都市忙人每駕度假之小舟，享短暫的江海寄情。只是，為人有諸多職責牽絆，灑脫如東坡，也無法揮袖絕塵而隱，何況是貸款、保險、子女教育費用千鈞壓肩的現代人？就算你看破世道庸擾，歸隱林泉，一旦身為父母，就永遠背負著對子女的惦掛。尤其當子女年幼，或殘障缺乏自理能力，正是「此身非我有，何能忘卻營營」。天地再大，也沒有可駕之舟，可遁逸之江海，讓你求得精神上的全然解放。

離開游泳池已過正午，盤算著去館子叫一碟喜愛的午餐，吃罷回家正好準備點心給三點回家的兒子，督促孩子做功課，料理晚餐，這一天假日也就過去了。如果上司問起，或許她會好笑：「這算那門子的度假。」然而，這浮生半日閒卻讓我於「長恨此身非我有」的素幮中重新審度自己的定位：作為母親，我是該知足無怨的！

人生的奧林匹克

剛考上高中的女孩，在新生訓練的那天早晨，從四樓陽臺躍下自殺。悲痛錯愕的家人說：「實在不懂她為何輕生。雖然考上第四志願，可是沒有人怪她啊！」

是女孩不能原諒自己。國中三年，成績一向不出前三名，可以想見女孩對考上第四志願的失望。不能上好高中，也就考不上一流大學；沒有漂亮的大學文憑，自然就找不到令人稱羨的工作。想到前途灰黯，覺得生趣索然，女孩就這樣早早結束了一生。

這不是一個孤立的事件。每年成千上萬的年輕人，生命猶然青綠粉嫩，卻已體認到自己「萬劫不復」的失敗者角色，頹然失去鬥志，草草自人生戰場撤退。尤其在升學競爭慘烈又文憑至上的亞洲國家，學子自殺更是屢有所聞。

迷信文憑的社會，常以學業成績的優劣預測年輕人的前途是「無量」還是「無亮」。這種狹隘僵硬的思維，非但扼殺了年輕人的自信，忽視了讀書以外的多面才華，也與事實不符。事實上，在考試制度下脫穎而出的優等生，未必具有隨機應變的靈活，能屈能伸的韌力，放手一搏的勇氣，處理人際關係的慧心；因此，在社會戰場上，成績不一定斐然出色。且看在美國公司裡，做決策管理的經理階層，常常由學歷平淡無奇的人士出任，下面領著一群學歷赫赫的博士、碩士，就是一個例子。至於各行各業的頭角崢嶸人傑，每多昔日讀書成績泛泛之輩，更是中外社會共有的現象。

從奧林匹克運動會的十項全能競賽，我們看到了運動員的獎牌是如何百轉千迴，歷經試煉方才到手。初賽拔頭籌不算贏，複賽奪先鋒也沒啥了不得，即使到了決賽，第一個指定項目睥睨群倫未必就意味著獎牌可以安然入懷；必得逐項賽去，勝負到最後一刻始見分曉。於是，我們看見一路領先的選手，竟然在關鍵的最末一項失手而前功盡棄；也看見初時落後的選手，不懈不餒，一路苦趕，終於後來居上。由此觀照人生，學生時代的表現並非日後人生順境的保單。考場失利，只是人生起跑點的一個落後；未來的漫漫長路，有的是時間讓你趕上，甚至超越。

到了飽閱世事的中年，就會明白這個道理。可惜啊！女孩，妳為什麼不願等到那一天？

第一何價

一班若出了個「路邊社特派員」，專門收集四方謠言、秘聞，則不論畢業多久，同學們如何星散至天涯海角，總有個凝聚的中心點。郭就是我們高中那班的包打聽。虧得她，每次回臺總得以和昔日同窗共聚，笑談「記得當時年紀小」。

這天在同學會上，郭又洋洋得意地敘說如何將久不出席同學會，又已改名的W「挖掘」出來之過程：「我循著線索一路追蹤，哈！終於找到她的電話了。打過去，是鼎鼎大名的某某跨國企業。我說要和W講話，對方小姐竟說：『我們董事長出國去了，請妳下星期再打來。』我一聽大為驚訝，就問：『她真的是你們董事長？』『是的。』『我是說，她真的有股份，還是只掛個名？』小姐開始不耐煩了：『我們董事長不是掛名的。』我還不死心，又問：『那她是不是憑著先生的關係當上董事長？』……」

下文已在一片鬨堂中湮沒。沒人怪郭「狗眼看人低」，大家都了解她的感受。北一女素多器宇不凡、少懷大志的崢嶸群英，或能言善道，或文武兼長。可是我們的W，當年無論在任何方面，都是沒有聲音的半隱形人。那平凡得不能再平凡的笑臉，實在難與跨國企業威風八面的董事長畫上等號。

同學會上兜滿笑意歸家，猶自沈浸其中，晚間新聞卻聽到一則駭人消息：「臺南女中數理資優班某女生，因為沒有考第一，憤而跳樓自殺。」不禁回想當年班上考第一的究竟是誰？苦憶不得答案。那麼，考第一真的重於泰山，不惜以身相殉？一次成績不能拔得頭籌，人生起跑點就永遠落後？W年輕時候的容貌和跳樓女孩青嫩的臉龐雙雙浮現眼前，盤旋良久，彷彿為人生的波折迂迴與人性的貪瞋癡怨勾勒眾生相。

看不破「第一」關口的，又豈是未經世事的青春少艾？一部中國歷史，縱橫五千年，就是群雄爭做第一的滄桑風雲。今天帝制已廢，然而政壇摩拳擦掌，覬覦國之「第一」寶位的人士依然前仆後繼，揚起紅塵滾滾。但凡一坐上第一寶位，也都眷戀不下，直到鞠躬盡瘁。且不說廟堂大事，臺北街上密密麻麻的市招，海外華人圈不斷分裂的僑團、教會、中文學校，似乎都顯示中國人不甘屈居人後，樂於畫地自雄的心理。

詩書養身，清譽崇隆的文人學者就能看透第一色相？金庸在《飛狐外傳》中兩次提到俗語「文無第一，武無第二」。他的解釋是：「凡是文人，從無一個自以為文章學問天下第一，但學武之人，除了學養特深的高手之外，決計不肯甘居人後。」金大俠雖然名震天下，滿腹奇學，筆生萬花，但屢次讀其報端專訪，確無「自認文章學問天下第一」的狂傲。不過金大俠的胸襟，未必是普世文人的懷抱。「文人相輕」之說古今傳承不輟，文人中也自有以文采識見高人一等輕賤群儕者。

太平洋戰爭爆發，日人攻陷香港，梁漱溟乘小船逃往澳門，途中風浪險惡，梁漱溟後來寫信告訴友人：「當時很驚險，但我很鎮定。因為我不能死，我一死，歷史便會倒流，在這時代，有很多書非我不能寫。」此信後來被熊十力看到，覺得太不像話，便去信責備，說其發瘋，太狂妄。梁漱溟回信道：「狂則有之，瘋則未也。」那麼，熊十力必是謙謙君子囉！他的高足，新儒學派宗師牟宗三記得第一次見到熊十力是在北京中央公園茶館，當時在座的還有幾位學者，儒釋道無所不談，忽聞熊十力發獅子吼，並將桌子一拍，說：「講先秦諸子，當今只有我熊某能講，其他的都是胡說。」比較兩人言辭、神態，熊十力無疑比梁漱溟猶「狂妄」三分。日後梁漱溟與毛澤東舌攻筆伐鏖戰不休，瘋也好，狂也罷，既未屈獨夫之志，也未造成「歷史倒流」。而今回顧熊十力學術成就，亦無一柱擎天的歷史評價。

我對「文無第一，武無第二」的解釋因此與金庸不同。比武競技每有客觀結局，例如拳擊，敗者在裁判數到十仍爬不起身，就只有俯首認輸。但是，比文就無法如此勝敗分明。就拿幾次二十世紀最佳英語小說選拔來說，入選作品南轅北轍，端視評選成員的職業、品味、素養而異。甲派的傳世經典，於乙派不過是媚世糟粕。所以，誰的學問文章天下第一，真是難達共識。正因為定論難成，文人間以第一自許，造成的門戶之見，定位之爭也就時有所聞。

金庸筆下的武林高手，每為天下第一的榮銜戰至身骨成灰。最著名的當數西毒歐陽鋒，畢生心血無不為一次又一次的華山論劍做準備，企圖技壓群雄。與北丐洪七公從《射鵰英雄傳》戰至《神鵰俠侶》，從神志清明戰至瘋癲失憶，從驚濤駭浪戰至狂風暴雪，幾度出入鬼門關隘，最後與洪七公打到雙贏局面下狂笑辭世。如此追求天下第一的人生，如同一場長途競跑，奪標的一剎那，便是生命的盡頭。現實裡多的是這樣的勝利者：贏得世界，賠上自己。非但沒有時間品嚐甜美的戰果，回首來時路也不記得途中的明山秀水。

兒女昔日就讀的小學，進門處懸掛一長幅布條，上書：「童年是一段路程，而非一場競賽。」(Childhood is a journey, not a race.) 沒有無盡的班際、校際比賽，沒有一場接一場的大、小考、競試，成績不排名，分數不公開，書包不重，功課不多，無不是本著「走一段路，看一程風景」的優哉心態。近年臺灣流行一句話：「不要讓子女輸在起跑點上。」於是，家家小孩忙著學東學西。童年應該徐行且笑，還是奔走前衝？不妨聽聽林語堂的故事。

林語堂幼時家貧，受教環境不是很好。但是資質聰穎，一路讀到上海最好的聖約翰大學。

從小到大，林語堂永遠是班上的第二名。他只花一半時間讀書，其他時間用來觀察、享受人生。歷史記下林語堂，卻過濾掉當年排在他前面一個又一個的第一名。離開校門，林語堂一直保持「老二哲學」，凡事半留餘地，因此與胡適等頂尖學者始終能惺惺相惜，寬容互敬。同是臧否人物，鍼砭時局，林語堂的文章多一份意態幽適，雍容有度，不似魯迅的尖薄執拗。除了幽默感，前者對於「天外有天，人外有人」的廣角觀照，該是二人風格迥異的原因。

的確，凡事爭強好勝，唯我獨尊，人生之路必將越行越窄，千山獨行何等淒冷。有容人之心，方能交得同行友伴。一路笑語春風，又何必爭做領路人？攜手同行，攬勝尋幽，比低頭競跑更得行路之趣。如果，你不願意下一代在低頭競跑中失去瀏覽沿途美景的意興，日後欠缺欣賞他人成就的寬宏胸襟，「不要讓子女輸在起跑點上」當為過耳東風。

何況，這句話只能用於短程賽事。跑馬拉松的人都知道，起跑之初全力以赴，將無餘力做中程的維持與終點的衝刺，絕對無法奪魁。縱使一路考第一唸到學位，人生戰場也未必樣樣拔頭籌。事業、機運、婚姻、兒女……年事越長，越能體會人能掌控的局限。同學會上，我們為W的中年有成驕傲高興之餘，對於跨國企業董事長的頭銜毫無嫉妒豔羨之心。當年在班上，我們這群成績一樣平平，卻整天瘋瘋癲癲的女子，如今事業不過泛泛，似也理所當然。但是掐指算去，誰的生活裡找不出幾件足堪感恩戴德之事？每個人都有他人難及的「第一」

優點。那可憐的女孩，活到我們這個年紀自然就會明白，人生的第一是追求無盡的。為了奔逐第一，賠上揚帆待發，清景無限的一生，豈是「可惜」兩字了得！

輯四

惜物

一對在河南鄉下住了大半輩子的老姐妹，第一次坐飛機去臺灣探親，就像進大觀園的劉姥姥般手足無措。當她們把飛機上吃不完的食物小心翼翼地包好準備帶走時，旁觀的旅客跟她們說：「不用帶的，臺灣沒有人會吃。」老婦答道：「我們一向把吃不完的食物留著。」

看了報上這篇文章，心中不無感觸，因為本人就是有這種把飛機上吃不完食物帶走的習慣。倒不是貪小便宜，而是從小的惜物教育和目前的環保意識使然。飛機上發放的餐點是一人一份的，吃不完的部分航空公司不會收回再送給下一班飛機乘客。與其讓航空公司扔進垃圾桶，何不留著吃呢？何況飛機上的餐點常常是一樣一樣包裝好，攜帶並不麻煩。這道理就好像去飯店吃飯把吃不完的食物打包帶回家。

對於富裕的臺灣人來說，帶走機上的餐點是老土又沒見過世面的行為，這正是令我憂心的地方。我是在臺灣生長的四十歲左右中年人。小時候家裡經濟不錯，一直有佣人和三輪車夫。可是當時的社會，風氣普遍純樸節儉。我們這一輩的人都記得小時如何被恐嚇：「不把碗裡的飯粒吃光，將來就會嫁（娶）個麻子。」糟蹋食物是一種「造孽」行為，似乎是當時社會的共識。

當我在七十年代中來到美國時，美國雖然甫自越戰的夢魘中掙脫出來，但是國力之強盛依然睥睨全球。在學校餐廳裡，我驚訝地見識到美國人的浪費。大批吃不完的食物毫無所惜地扔進垃圾桶。在美國住了將近二十年，常常感到美國人欠缺的「惜物」觀念，竟使二億人口揮霍掉世上四分之一的資源。

這裡的老師、父母不會教孩子吃光盤中食物，「吃不下就倒掉嘛！」有些老中看到美國人在車庫賣舊衣舊物，就覺得老美真是節儉。其實呢？這些舊物絕大多數都是依然可用的，只是主人厭舊罷了，於是以低價脫手，轉身再以高價去買新的。我認識的幾個老美，付清了這月房租，還不知下月房租繳不繳得出，卻隨意上館子，又隨意浪費食物。美國資源富饒，長年承平，造成人民普遍缺乏憂患意識，所以沒錢也要舉債去度假。

不知惜物不單是個人損失，對於地球環境、資源也戕害甚鉅。我上班的地方是一人一間辦公室，只要我離開辦公室好一陣，如去電腦室用終端機，一定隨手關燈。每天下班時一定把空調關閉。如此做對個人荷包毫無裨益，只是求一份環保安心。我注意到有少數幾位老美同事也很注意這類細節，但也有很多老美不當一回事。有一次我建議一個同事在周五下班時關掉冷氣，因為周末辦公室是空著的，他非常不以為然地說：「那我禮拜一早上來時辦公室會很熱。」就為了貪圖周一早上短時間的舒服，就得讓冷氣虛耗個兩天兩夜，不是太自私了嗎？至於在汽油、紙張上面的浪費，老美更是毫不在意。

近年回國，發現臺灣的民主富裕與美國相比只有過之而無不及。但是，因為富裕而不知惜物，造成了資源的大量浪費和環境的嚴重汙染也遠超過美國。用後即丟的筷子、餐盒、塑膠袋，滿街的機車、汽車，不周全甚至欠缺的垃圾分類、回收設備……在在令我為臺灣的前途憂心忡忡。

夏威夷的美真是像人間天堂，每年吸引了一團一團的觀光客自臺灣越洋而來。其實，臺灣在自然景觀與生態上與夏威夷極相似，也可稱得上是美麗島。只可惜富裕沒有提升文化修養，反而財大氣粗失去了傳統惜物的美德，以致使一個姿容美麗的佳人讓垃圾、廢氣糟蹋得烏煙瘴氣。

地球環境的嚴重惡化，實在已經到了不能忽視的地步。但是，有多少人關心呢？太多太多的人抱著事不關己的態度。我的原則是自己儘量做到節約，也儘量去影響周遭的人。雖然一己力量薄弱，也常換回旁人異樣的眼光，但我絕對對得起後世的人們，對得起自己的環保良心。

有一年在臺被請，酒席上十幾道菜吃到一半大夥就撐飽得不能再吃了，放著剩下的幾道原封未動的菜在桌上，沒有人有動箸的慾望。於是我們這批被請的美國歸客，就徵詢主人是否可打包回去？諸如這些舉動，也許在某些人眼中是土氣或小氣，其實就新興的環保意識而言，卻是最前衛新潮的。

就像幾年來，我家一直把剪下的草、掃集起來的落葉傾倒在後院的樹林裡自然腐化，而不像老美用塑膠袋裝好等垃圾車收取。數月前本地政府來信要求住戶儘量讓草葉以堆肥方式處理，其次捨塑膠袋而以紙袋替之，吾家正是走在潮流之前呢！

為子孫惜物

對於「惜物」闡釋得最好的，應是朱柏廬先生在治家格言裡所說的：「一粥一飯，當思來處不易；半絲半縷，恆念物力維艱。」因為不易且維艱，古人惜物如金，視物質浪費為作孽。佛家認為前世浪費食物者，後世必生為饑民，一生在饑渴交煎中折騰。

然而，自從十八世紀末由英國掀起產業革命後，兩百年來，尤其自邁入二十世紀，科學的大幅發展，使得民生用品的製造易如反掌，而且能以低廉的價格大量供應市場。於是，在工業先進而民生富裕的國家，惜物的觀念成為惹人譏訕的老骨董。當人們能以少許的金錢去追逐衣著的流行，就不會為扔掉滿櫥依然嶄新而式樣已舊的衫裙而惋惜；當人們扭開水龍頭就有源源不斷的水可資利用，就不會像跋涉數里去取水的先祖輩一般珍惜水源。

所以，在美國這樣工業強盛，自然資源豐饒的國家，人民普遍缺乏惜物心也不足為奇了。美國人口只有兩億，每年卻消耗掉世人百分之二十以上的物質。對於如此龐大的耗費，老美心安理得毫無愧疚心。在七十年代的兩次能源危機中，老美也一度慌亂，節源之說成為顯學；

只可惜五分鐘熱度一過，人人又將節約能源拋諸腦後，依舊開著舒服的大車，終年享受著中央空調。科學家指出，如果個人消費穀物標準按照美國人來計算，現有的全球穀物生產量可以養活二十五億人；按照義大利人算，可以養活五十億；按中國人算，則可以養活七十五億；而照印度標準，可以供應一百億人口。糟糕的是，許多低度開發國家正在迅速工業化，紛紛向美國看齊。在臺灣、大陸，我們可以看到長期受貧困羈絆的人們，一旦步向富裕而大肆揮霍的暴發作風，幾乎將傳統的惜物美德棄若敝屣。只是有心人不得不憂慮：如此的消耗物質，地球上有多少的資源經得起多少世代而無殫竭之慮？另方面，人們製造的垃圾又如何能不汙染美麗的大自然？

目前世界人口是五十七億。雖然在富裕國家，糧食似無匱乏之憂；但是，近來出現的兩種現象，已為不知惜物的富國帶來警訊。鮭魚價格高漲暴露了世界主要漁場的過度捕撈；而全球紙價自西元一九九四年十月以來節節高升，已漲了百分之五十，且繼續上揚，短期內毫無紓緩之勢。在辦公室，每天怵目驚心地見到大量為電腦印表機和影印機消耗的紙張，其中很多是可以節省的。最近在我工作的機構，上下員工兩、三萬人都收到一份備忘錄，要求大家節約用紙，且儘量予以回收再循環。公司警告，如果紙價繼續上漲，而消耗量依然居高不下，將以未漂白的灰色紙張供應，因其價遠遜白紙。

科學家看得更遠更深。芝加哥大學的亞伯特・艾倫・巴奈特說，美國的農業依賴石油甚多，而美國的油井將在二十年內枯竭，屆時從國外輸入的昂貴石油，將使食物價格上升。能源不夠只是原因之一，土地使用過度，水源稀少，加上人口增加一倍，康乃爾大學的大衛・皮蒙特預測，六十年後生產最費錢的肉類與奶品將減少很多，蔬菜種類較少，人們多以穀類及豆類為主食。換言之，六十年後的美國人在飲食水準上，又將倒退到殖民時期。

這幾年，港、臺在物質上的享受，許多方面都比美國浪費；大陸上也開始有這種趨勢。從科學家的警告，我們是否也見到日後的中國子孫，如何為今日人們的浪費而節衣縮食？其實，富而知惜物的國家不是沒有。夏天去英國、法國，人們會驚訝發現許多公共場所居然沒有冷氣，一般人家也喜歡將窗子打開。自然的風或許不及冷氣涼爽，可是不會耗費地球資源。他們開的也多半是省油的小車。英、法人的惜物心令人感受到他們的文化根基畢竟比美國人深厚，因此更懂得珍惜自然。

人們多希望能為子孫積聚財富，至少希望子孫一代比一代過得好。可是，太多的人在拋棄惜物美德之際，似乎毫無所覺今日種的惡果，日後將由子孫承受。當地球資源耗盡之日，再多的財富珠寶也不能為子孫帶來一粥一飯，半絲半縷。所以，當思來處不易，恆念物力維艱，必當時時懷抱於心。

詩意再生

「這是我克難做的書籤，請大家隨便拿。」

日前華府作協小說寫作組邀請文壇資深女作家吳崇蘭談小說創作，會後吳崇蘭拿出一疊自製書籤贈送與會者。書籤傳到面前，人人嘖嘖稱奇，這豈是克難成品？張張妍姿麗色，風華各殊。雖說一人可拿兩張，取捨間還真困難，恨不得多挑幾張帶回來。

不是克難成品，製來卻所費無幾。吳崇蘭將收到的聖誕卡依照花樣剪成不同圖形，再於上端打洞，最後繫上紅綠緞線，於是各方親友捎來的問候，經過巧手點化，就搖身變幻為書中紅顏，再轉送四方廣結善緣，為愛書人的展卷心路，留下段段註腳。

聖誕卡，對於走過克難時代的中國人，回憶特別美麗。彼時國府遷臺不久，物質粗乏，日常生活的色調偏於灰黯。一到歲暮年終，文具店掛出一牆牆聖誕卡與賀年片，頓時為街景營造出亮麗的過節風情。那時代的孩子不像今日兒童遊盡五湖四海，也無電視、錄影帶，聖誕卡上的異國景致——半掩於雪裡的小木屋、燃燒的壁爐前垂掛著長襪、載滿禮物的雪橇和麋鹿、滿天遍野的白絮……瑰麗遙遠一如童話世界。賀年片則多為國畫，疏淡的兩三枝蠟梅、俏皮鬥唱的一對鵲鳥、仕女托腮凝眸、高山懸下白練……對於亞熱帶生長的孩子，何嘗不是一方方不沾人間煙塵的傳奇？流連於文具店的卡片陣中即是童年一愛，尤其喜歡上面灑滿晶瑩顆粒的卡片，如同一地跌碎的星星，驚為人間至豔。雖然當時哪有什麼遠方親友可以捎卡致意！

轉眼間，寄旅雪國竟已多年。每到聖誕節慶，此間燈火璀璨，金樹銀花，遠比童年時候的臺北街景熱鬧，小小的聖誕卡相形見絀。加上鎮日席不暇暖，時間為生活瑣碎寸寸割據，常常收到聖誕卡欣喜故人未忘，卻也慚愧又是一年負平生師友。往往拖到陽曆年後，才以賀中國年的名義寄出回卡，以掩飾我的怠惰失禮。朋友中以長途電話代替節卡的一年比一年多，近年更有人以環保為由，呼籲停寄聖誕卡。但是，閱盡世間諸色，早已不再為天際彩虹雀躍的我，仍然保留一盒盒舊卡片，也許與它們的主人已經多年不通訊息，緣於童年時對聖誕卡、賀年片的迷戀，總不忍將這群美麗的使者投入垃圾筒。

那麼，非但度過克難歲月，更因戰亂顛沛半壁河山的吳崇蘭，對於卡片的愛惜想來更甚於我！於是透過巧手慧心，竟為它們一一尋到美滿歸宿，長留有情人間。在講究環保的年代，從聖誕卡到書籤何嘗不是一番詩意的再生(recycle)！

因而想到另一位女作家的蕙質蘭心。近日去本地圖書館看程明琤的書法展，沿牆一列玻璃櫥窗陳列著四、五幅字，數件文房四寶。程明琤的書法不特意遵循名家流派，而是自創介於書與畫之間的藝術體。一幅「氣」字中有兩點紅睛，精神立現。另一幅「虎」字則皮毛斑斑可見。文房四寶古趣橫生。然而櫥窗本身的佈置，也是一件反映作家品味的藝術創作。展品間保持疏朗空間，是典型中國畫的留白韻味。另有三兩枯枝，猶掛寥寥數片紅楓，一對寒蟬。那幾日華府秋老虎肆虐，天天濕熱如酷暑，站在這片素雅的暮秋景致前，頓感心清似水。枯枝、紅葉、秋蟬，都是程明琤平日所集。尤其是秋蟬，程明琤說她自後院林中撿了不少。原來這種昆蟲，一生倒有十七年潛伏土中，真正面世不過一夏，死後形體也不腐化，只是於風乾中保持原狀。只要留意，不難在院裡找到栩栩如生的蟬體，只是，有多少成人會將其拾回家中做擺飾，又能鋪出一片禪意？

物質氾濫久矣，非但地球環境惡化，嚴重影響到後代子孫的生存，也使人失去平淡自然中萬物皆可喜的童心、野趣，以至於今天一說到環保，就予人殺風景的掃興感。像我這個環保分子在勸人少用塑膠袋時就常遭到不以為然的白眼。常常抓了一張背面空白的廣告單就給人寫信，又被視為缺乏情調。吳崇蘭與程明琤的廢物善用，讓我領悟環保原來也可以是詩意再生、視覺美宴。運用之妙，存乎一心。行文未完，已到準備午飯時間，忽想何不將凌晨凋謝的曇花切絲，與豆干豬肉同炒？果然炮製出的「香」干肉絲，入口淡淡清芬，帶來一下午的好心情。

幽咽的山河

從冰河遺跡到地熱奇景，從飛瀑怒潮到明鏡清潭，遊黃石的每一峰迴路轉，都有不同的驚喜照面而來，但是，在黃石的四天裡，不時讓我撼動欲泫的，卻是人對大自然的尊重！

在公園路上開著開著，前面就出現一道長龍，來自大都會的遊客們，平素飽嘗塞車之苦，只有在這裡見到車陣迤邐，卻個個興奮不已。停車下去觀望，赫然見到一隻灰熊，或大角麋鹿，正在路邊不遠處，徜徉溪畔林間。人群中有攝影的、錄像的、低聲指點的，靜謐如圖書館，眾而不喧，只因為出於一份尊重：不要嚇著了這些園中主人。

是的，一進黃石，各種告示牌、印刷文宣、錄音介紹、駐園導遊解說，無不強調園中的動、植物、山水泉石……，皆是百萬年來的黃石原住民，將來還要住下去，他們是黃石的真正主人，遊客們入境作客，切記保持肅靜、整潔，不要干擾了主人的作息，於是在黃石，大隊車群常耐心等候上十來分鐘，只為一隻美洲野牛緩慢過街。路上更是不見一丁點垃圾。

黃石的地熱以千百種風貌展炫天賦，間歇噴泉、溫泉、泥泉……來自臺灣的遊客不禁納悶，為何不見溫泉浴室的設立？駐園導遊特別強調，任何地熱的開發都會導致自然景觀的破壞，她舉了世界其他幾個地熱奇景為證。同理，園中瀑布、湖、河，水源豐沛，所有建壩、發電、灌溉的建議卻全遭否決。為了保護黃石奇景，一度還拆去園中一處旅館，一九九七年起更大幅提高門票，意圖以價限制遊客量。

這樣的體認背後，是血淚斑駁的史頁。長久以來，印第安人獨享黃石的明山秀水，白雲蒼狗下一片祥和，直至白人攜槍挾砲來到，草原上非但印人血流成渠，而且為了控制印人，將他們的肉食主源——美洲野牛大量屠殺。馴服印第安人後，白人覬覦的是山水的豐富資源。眼看黃石美景將成私人禁臠，國會遂於一八七二年宣告黃石成為美國第一個國家公園。今天，印第安人芳蹤已杳，風吹草低下唯見一群群美洲野牛低首覓食。黃石的美麗河山，自然對此段醜惡的屠殺史緘默不言，然而遊客購買的遊園導介錄音帶，卻以沈痛的語氣譴責白人當年的暴行，也呼籲遊客莫重蹈覆轍，務必尊愛園中的鳥獸草木。

那年遊園的感觸，原已沈澱於心，最近因為長江截流再度浮現。三峽建壩工程於兩千零九年完成後，庫前水位將提高到一百七十五公尺，三峽自古為人謳歌吟詠的傲世美景固然不復人間，大片的民居、良田煙消霧散，更有大小一千兩百零八件歷史景觀遭滔滔江水吞沒。這些珍貴史蹟，遠溯至新、舊石器時代，涵蓋商、周、秦、漢、唐、宋、明、清兩百萬年的歷史滄桑，是中華文化豐偉的見證。對於自然環境與歷史景觀破壞如斯，世界銀行等外國金融機構皆拒絕貸款，然而，咱們中國人呢？

反對建壩人士多已絕望地偃旗息鼓，只有戴晴仍不死心，於截流前夕（十一月七日）在美國華府出席兩個環保團體的記者會時，猶呼籲鄧後領導人即刻停止鄧小平基於「政治原因」啟動的建壩工程，一如共產中國所有的異議，戴晴自遙迢異國為自然、史蹟的請命，是否能上達天聽？即使能，被長串世界第一紀錄前景陶醉得醺醺然的中共領導人，又豈肯覺昨非而今是？承上所好，《人民日報》等國內報紙自是一片歌功頌德聲，連回歸未久的香港，根據新華社香港訊：「今天香港報紙均在頭版或重要版面上刊載有關消息、現場特寫和評論……熱烈祝賀三峽工程大江截流取得成功，高度贊揚……」不見片語隻字言及建壩對自然與史蹟的巨大傷害，此類工程在民主國家定然引起反對聲浪，重複的聽證、大量的遊說、不盡的示威，拖宕經年而不了了之。不禁對一言堂主說了就算的高效率折服，難怪江澤民宣告：「長江截流再一次生動證明社會主義在組織人民幹大事方面的優越性。」

或許有人說：「經濟先於環保。」以美國的地大物博人稀，資源豐沛，自然不必開發黃石。相對之下，人口為美國六倍的中國大陸，三峽建壩實有重大難捨的經濟效益。然而，分築數處小壩一樣可達此效果，卻不會對三峽造成萬劫不復的景觀傷害。可嘆國勢的百年積弱養成部分中國人渴求世界第一的偏頗心態，尤其當中國內政百弊叢生，建造世界第一大壩無疑是聚斂民氣的一著強心針。於是，自然美景與歷史景觀遂成政治墊背。也或許史上無數的兵燹戰火一再摧燬古蹟，已然造成國人的見慣不怪，拋棄先人遺產也就不足與惜了。

其實，對於自然環境的輕忽褻瀆，不唯領導人獨然。去年在報上讀到一篇文章，作者見到豪華遊輪上的乘客與工作人員將長江當作現成的大垃圾桶，他在美國生長的兒子卻把垃圾蒐集於塑膠袋內，放置床上，準備下船時找適當地點拋棄。眼見兒子床上的垃圾袋越積越多，作者有天趁兒子不在，把一袋袋垃圾往長江一拋了事，為此父子倆大起爭議。記得一九九五年我從洛杉磯乘船去墨西哥，船長致過歡迎辭後就提醒大家，千萬不要往太平洋內丟垃圾，永保景觀的潔淨。以太平洋的廣袤無垠，承受汙染的容納量千百倍於長江，人家尚且寸水求淨，怎不教人為長江的「遇人不淑」痛心？

對於自然環境的輕忽褻瀆，也不唯海峽彼岸獨然。有次和一老美同事談夏威夷的景致，讚為人間天堂，這位曾在亞洲待過的女士冷冷的說：「還不是跟臺灣景觀一樣。」的確，夏威夷的層巒疊翠宛如中橫，峭壁斷崖彷彿蘇花，碧海白沙神似恆春，漫山遍野的芭樂、木瓜、鳳梨更令人覺得置身寶島。那年在夏威夷嘆遍美景後回到臺灣，猶為北宜公路的山中霧景傾倒如醉。難過的是，北宜公路兩旁垃圾緜延不斷，正如絕代佳人拖著雙行鼻涕，觸目倒盡胃口。而在夏威夷的大小諸島，無論人煙稀繁，地上都見不到一張紙片！

人不能選擇出身門第，也不能選擇降生國度。生於民主富庶國度的貓狗，某種程度上較諸專制貧窮國度的人民幸福。專制與貧窮為何形影不離？因果關係耐人尋味。不過，沒有選擇自由的又豈只是人類？山水亦然。我們常說「窮山惡水」讓居民難以維生，殊不知窮兇惡極的住民亦可以糟蹋良鄉勝地到滿目瘡痍，令後世子孫無法落腳安居的地步。而所謂窮惡，不一定指經濟上的困澀，也包括精神上的虛妄，對自然、古蹟的粗暴蹂躪。嗟夫，山水無言，不會為自己挺身爭取權益；然而，無知人們今日對自然作賤種下的惡果，將來都會由鍾愛的後代承收。

山水溫柔鄉

遊黃石而不去大提頓國家公園，就像吃罷九、十道豐盛菜餚獨缺最後的甜點，不能稱為一場圓滿的饗宴。黃石與大峽谷、優勝美地列為全美遊客最多的三大國家公園；在黃石下方，車距不過一、二小時的大提頓國家公園，由於名氣不如黃石，常為旅客忽略，相對之下頗有「世外仙姝寂寞林」的冷清不遇。的確，遊客每為黃石的錯綜繁複風貌驚嘆如醉，以為世間美景盡善於此，殊不知大提頓迤邐無止的雄峰峻嶺，風華別具。且看一九九六年柯林頓一家徜徉其間一週之久，即知它的山水自有百觀不厭的佳趣。

屬於洛磯山系 (Rocky Mountains) 的提頓山脈 (Teton Mountains)，成形於九百萬年以前。悠悠歲月以化滄海為桑田的鬼斧神工，藉斷層、地震、冰河等地質演變，雕鑿出震攝心魄的大塊文章，山嶺神秀，湖泊清明，野花斑斕如錦，面對此等仙界美境，人類若還懷著「征服自然」的野心，只有顯得狂妄可笑。來提頓，合當放下一切凡憂俗慮，悠閒中方見造化天成。

何妨坐在白、黃、紫紅野花鋪陳的大地上，一邊啃三明治，一邊眺望連綿無盡的山脈。

是的，連綿無盡。窮目所及，不見起點，也不知終處，峰峰插天，積雪與白雲爭潔。於是你明白，古希臘人為何以奧林帕斯山為神祇天庭，山的高遠蒼渺，沈默不語，令人敬畏震撼，也勾起綿綿幻思，不知白雲深處是誰家?常見人用「積雪終年不化」形容山巔白頂，提頓峰上的積雪，何止終年不化，今日仍可見到十二處兩萬五千年前即已存在的冰河。

你也可以從星羅棋布的眾湖中選一個，泛舟、垂釣、游泳。騎馬也是一個好點子。總面積五百平方英里的大提頓國家公園，多的是一望無垠的草原，讓都市人一圓馬上馳騁的美夢。喜好步行的遊客，總長兩百英里的小道帶你尋幽攬勝。汽艇劃過珍妮湖的蔚藍鏡面，帶你走進山的懷抱。踩著前人踏出的泥徑攀爬，一路林木幽邃，山澗奔騰，峰迴路轉處或雄偉，或秀逸，總有教你讚嘆不已的景觀。鳥鳴啁啾與喘氣如雷聲中尋到澗源，但見萬丈瀑布咆哮推擁鋪天蓋地而來，壯闊奔騰，氣勢磅礡，頓然忘卻酸腿痛腰。

行走山徑，不要顧著看腳，可能身外一石之遙，角大如闊葉的麋正低頭吃草呢!生物與黃石公園類同的大提頓，也是一個野生動物園，灰熊、野牛、魚鷹(osprey)、白頭鷹、角鹿(elk)、麋(moose)，只要留心細察，和牠們打個照面不是難事。公園管理局一再提醒遊客不可餵食野獸，食物要包好帶走，或者放入封口特別設計的垃圾筒中。黃石過去曾因遊客為灰熊留食，造成灰熊嗜好人食，迫近遊客索取食物，甚至傷害遊客的不幸事件。公園當局只得將那些口味人間化的灰熊射死。可見人類干涉自然生態的作法，不論動機善惡，常常造成對野生動物的戕害。黃石公園管理員說的一段話令我非常感動：「在黃石，人類只是造訪的過客；真正的園主是野生動物和一切自然景觀。所以，請大家做個守分的過客，不要干擾主人的作息。」在黃石的遊園公路上每見車陣迤邐，遊客必然狂喜，停車下來觀看，很可能是一隻灰熊正於溪畔喝水，或一群麋鹿傾家出遊。遊客或攝影、或錄影、或寫生，公路上人頭鑽動猶如市集，卻靜謐如圖書館。噤聲不語，只因為怕嚇著了園中主人。遊大提頓何嘗不是如此？人群常遠遠地、靜靜地駐足觀看動物，那種尊重愛護心，每每令我胸懷澎湃，覺得菩提境界即是這般。被觀看的動物因此悠然自得，偶爾抬起無辜的大眼與遊客對望，相顧無言中，唯聞細風優遊林葉。

乘坐激流皮筏 (rafting) 也是讓都市土包子大開洋葷的一種嘗試。我們一行人多是婦孺，所以再三打聽後，選擇比較安全的河段，並且由船夫操筏。橡皮製成的皮筏，兩端的圓圈上各可坐七、八個大人小孩，船夫站在中間搖櫓。乘客必需穿上救生背心，會不會游泳沒有關係，而圓圈上並無把手，彷彿一個重心失衡就會墜入河中，於是驚叫聲此起彼落，尤其波瀾稍大時，河水湧進皮筏，將人一身打濕，更惹得小孩們又笑又叫，覺得比乘雲霄飛車還要刺激。事實上，船家對安全早有周全準備，航行的蛇河(Snake River) 水勢也稱不上湍急險惡，就是不會游泳的乘客起航十分鐘後，亦會逐漸安下懸心，轉而享受河山美景。遠處群峰覆雪，近處沿河兩岸，不時可見珍禽異獸，端的是賞心悅目。我們的船夫是懷俄明州國會參議員的兒子，就讀聖母大學，暑假操筏賺零用。他沒有富家子的紈袴氣，談吐氣質不俗，對於當地的自然、人文瞭然於胸，娓娓道來，讓我們收益良多。譬如說，他的眼力尖銳，四十五分鐘內找出三隻白頭鷹指給我們看。這種瀕臨絕種的稀有飛禽，棲於高木，遠看無非像一截枯枝。可見大自然中玄機處處，還需靠高人指點，方得開啟眾生迷惘。

夜幕低垂之後，你如果不願在露營區數星辰聞蟲鳴，附近的小鎮傑克森倒可以提供你一個繁華今宵。傑克森揉合歐洲、美國西部、與印第安三種風貌，鎮雖小卻姿色脫俗。初來乍到的人，看到山腰的小巧木屋，街底的滑雪山道，滿街飛花垂葉的窗欞，常以為置身阿爾卑斯的山城。然而，典型的西向拓荒時期建築，又讓你有躍進西部電影的感覺。三兩步一間的印第安手工藝品社，亦是小鎮特色之一。觀光是此鎮命脈，餐館、旅舍、酒吧林立之外，更有滿街的名牌專賣店，據說瞎拼族頗多專誠來此購物者。值得一提的是，大提頓盛產角鹿與麋，每年鹿角必經脫落、再生過程，此鎮因此蒐集鹿角築成市中心小公園的四個進口拱門。每道門由數千鹿角架構而成，是觀光客留影焦點。小鎮特產之一是鹿角做成的手工藝品，尤其是麋鹿葉型巨角製就的吊燈，樸拙野趣，非比尋常，可惜價值不菲，多在四、五千元之上。

從小鎮的三種風貌，可以讀出大提頓國家公園的歷史淵源。山脈腳下的廣袤谷地，數千年來本是印第安人的原鄉樂土。白人勢力入侵後，一番血腥卑詐的巧取豪奪，印第安人蹤跡漸杳，訪客今日只能從座落於傑克森河畔的博物館 Indian Arts Museum at Colter Bay 去遙念宿昔。一八〇七至一八〇八年冬，第一個白人柯特 (John Colter) 來此設陷阱捕捉水獺 (beaver)。當時英國風行水獺皮毛做的帽子，柯特豐收的消息一旦傳出，遂吸引捕獸客 (trapper) 絡繹於途。中有一人姓傑克森 (David Jackson)，在谷地盤桓良久，人們便以其姓稱呼此谷 (Jackson Hole)。到十九世紀結束以前，陸續移進的農夫與牧人凝聚了傑克森小鎮的誕生。大提頓山脈的美景日漸傳揚世間，卻也帶來了貪婪的炒做土地者。避免原始美地遭到破壞，美國國會於一九二九年將大提頓規劃為國家公園。後來又有私人捐地，使公園達到今天總面積五百平方英里的規模。為了答謝實業家洛克斐勒 (John D. Rockefeller, Jr.) 的慷慨捐地，特將連接黃石與大提頓的公路命名為洛克斐勒紀念公路。

最後一提的是大提頓 (Grand Teton) 名稱的由來。十九世紀初葉來此的捕獸客，都是教育程度不高的粗獷漢子，又是長年拋妻別子單身在外，有些法裔加拿大人看見尖聳入雲的群峰竟然想入非非，於是稱呼其中三座為 Les Trois Tetons，意即「三胸部」，分別為南胸、中胸、大胸。換言之，大提頓即波霸山。頂著白雪桂冠的山巒，原是何等晶瑩高潔，卻有如此粗俗不堪的名字，真是褻瀆了好山好水。好在Teton是個法國字，一般老美也不解其意。當地流傳一則笑話，一個天主教教會擇名為「大提頓聖母教會」，後來經法國觀光客指點才將名稱更改。當我們知道來龍去脈，真不知該如何處置剛買的T恤，因為正面中央寫著大提頓國家公園，襯著群巒尖聳。穿在我等身上實是一大反諷。Grand Teton的正確中文音譯應是大倜儻，風流倜儻的男士徜徉在波霸起伏中自是風光旖旎。事實上，大提頓的清麗幽靜，也確為名韁利鎖綑綁的都市人提供了一片山水溫柔鄉，忘卻俗世的紛紛擾擾。

世間自來多殺戮，人類彼此尚且攻戰無止，遑論對於動植物的視如草芥。物慾橫流的二十世紀，地球環境尤其受到史所未有的蹂躪，大氣層遭破壞，山川湖海遭汙染，每年有多少的動植物類別嚥下絕種的最後一口氣。都市裡的烏煙瘴氣，人際間的爾虞我詐，更教日日為五斗米棲遑市塵的眾生覺得疲累不堪。所以，在人工建設簡約至最起碼的大提頓國家公園，望著未經汙染的群峰眾水，大片野花在風聲鳥啼下翩然款舞，野生動物隨意遊走，人們臉上自然浮起無塵的微笑。你，能不為人間的這塊淨土獻上天地的感謝嗎？

宜居宜遊的華府

第一次作客華府，灰狗車行經市區，走走停停。從大窗望出，但見道旁綠枝銜接，濃蔭清幽。樹後人家，多是年代久遠，式樣典雅的二樓洋房。時值初夏，家家碧草，戶戶綠蔭，真難相信這就是睥睨全球的權力之都，毫無灼灼的懾人氣氛。其秀麗婉約，倒讓我聯想起臺灣南投的中興新村。

不過，登臨國會山莊或林肯紀念堂俯瞰，華府又是一番風貌。華府精華所在，全在迤邐兩哩半長的林蔭廣場 (Mall)。起國會，終林肯堂，一柱擎天的華盛頓紀念碑儼然是其中心。林肯紀念堂附近有黑崗岩砌成的越戰紀念牆。由林蔭廣場南行約一哩是圓形的傑佛遜殿堂，北行則是白宮。沿著林蔭廣場兩側一路開展的是史密松尼恩 (Smithsonian Institution) 系列大大小小的博物館。

一九七六年初訪林蔭廣場，其雄渾淵穆即給我極大的震撼感動。後來定居郊區馬里蘭州，客來客往，免不了常臨斯地。當初的感動，數十年來如一日。

整個林蔭廣場的佈局，其實很簡單。紀念碑堂、博物館，線條遠不如歐洲古蹟的繁複精細。然而，善用一片綠，數方水，便使其中乾坤疏朗，氣象恢宏。廣場兩側的大樹捱肩接臂，綿延成林，中間鋪著寬闊的草坪。深深淺淺，濃濃淡淡的綠，將建築物隔間得疏密有致。林肯堂前的矩形倒影池(Reflecting Pool)，傑佛遜殿前的潮汐湖(Tidal Basin)，國會山莊前的水池，卻替這片陽剛之氣調和進一抹嫵媚。

站在林肯紀念堂的石階上，背對著清癯的林肯坐像，和壁上刻著的蓋茨堡演說，放目遠眺，紀念碑、國會、蒼林、碧草、明湖、藍天，華府何其莊穆。不由不念起美利堅開國以來多少先賢的壯闊襟懷！唯有大公無私的胸宇，千秋長遠的眼光，才經營得出華府的泱泱氣度。一場越戰，將美國人打得畏頭縮尾，超級強國的地位與日漸降；水門醜聞則嚴重地傷害到美國政治家的形象。然而，任何美國人來到林蔭廣場，看到如此寬闊浩然的氣象，愛國心、榮譽感，都會沛然而生。

春天的林蔭廣場有櫻花之盛。最美的是潮汐湖周遭的櫻花林，蒸蔚如煙如霞，早已名聞遐邇。夏天林木蓊鬱，清景無限。遊累了不妨泛舟波多馬克河上，或躺在樹下做一場仲夏之夢。林肯公園夏天最多各國民俗表演及露天音樂會。七月四號的國慶音樂會尤為出名。林蔭廣場內麕集了一、二十萬的觀眾，演唱臺上方懸著巨大的螢光幕，由電視臺現場轉播實況，遠處的觀眾也能從螢光幕上看到歌手的表情。演唱結束後，樂團開始奏出〈天佑美國〉、〈美哉美利堅〉、〈共和國戰鬥進行曲〉等一連串的愛國歌曲，此時天空配合雄偉的旋律迸放開團團簇簇的火花玉樹，璀璨爛漫，飛金濺紫、噴銀吐赤，直惹得萬人歡聲雷動，掌聲不絕。是夜全美各地皆有煙火盛況，若論國慶的氣氛聲勢，則華府無疑是舉國第一的。

林蔭廣場的另一項資產，是兩旁形形色色的博物館與畫廊。國家藝廊收藏豐美，貝聿銘設計的東廂本身即是吸引遊客的現代藝術，裡面展覽的也是二十世紀的雕塑繪畫，與西廂的古典作品相映成趣。國立航空暨太空博物館陳列之各式模型與真品，從萊特兄弟的首架飛機到阿波羅十一號太空艙，展示了人類驚妙的飛行演進史。對於現代藝術傾心者，Hirshhorn Museum and Sculpture Garden 是必遊勝地。羅丹的雕刻，畢卡索的繪畫，與你不過咫尺之距，可以盡興看個夠。有發明創造興趣的人，應該來看看歷史與工技博物館。惠特尼的軋棉機，第一架柯達相機，或許會予你不小的鼓勵啟發。自然歷史博物館老少咸宜，這裡固然有碩大如山，令人發毛的恐龍骨架，也有晶瑩耀目，巨如雞蛋的大鑽石令女仕們流連不忍離去。東方藝術原是人間極品，華府豈可不備？弗瑞爾藝廊的收藏不會令人失望的。

離開林蔭廣場，方圓一哩內，又有聯邦調查局、國家鑄幣廠、林肯遇刺的福特戲院、商業部地下室的水族館等值得參觀處。與林肯紀念堂僅一水之隔的，是長眠英靈無數的阿靈頓國家公墓。站在約翰·甘迺迪的長明火前沈思，近處躺著他的兩個孩子，左邊轉角處是他的兄弟羅伯。一時間，華府的權力傾軋，個人的名利得失，人世所有的富貴顯赫，盡如暮霞朝露，鏡花水月，在阿靈頓崗上的幽咽微風裡縹緲清淡了。

要看逗趣開心的，首推華府動物園的新新、玲玲❷。早上九時與午後三時是兩隻大胖熊貓的進食時間。看牠們抓著竹枝猛啃的傻相，真是可憐可愛。新新活潑，飽食後心情愉悅，忽而倒豎蜻蜓，忽而翻觔斗，還是貼著觀眾面前的玻璃表演，直把大人小童個個逗得合不攏嘴，直喊過癮。

華府是一個歐洲風味甚濃的城市。國會、紀念碑與林肯紀念堂遙遙對應的林蔭廣場，令人想起羅浮宮經協和方場、香舍麗榭到凱旋門。而華盛頓紀念碑更是抄襲協和方場中央的定海神針造型。華府一如巴黎、羅馬等古城，舊市區內見不到高聳入雲的摩天大樓。大廈林立的新市區環繞於外，所求的無非是建築格調的統一和諧。我個人很不欣賞紐約市的大廈林立，人行其下，如入石灰水泥所樹的現代叢林中，因此對於華府這個處處可見平房綠樹的城市，第一眼就十分心喜，覺得正合「鄉村都市化，都市鄉村化」的理想境界。

從杜邦圓環到喬治城一帶，使館三步一間，五步一棟。歐洲情調的露天茶座櫛比鱗次，

---

❷ 兩隻熊貓已於一九九二年、一九九九年逝世。

彩傘、鮮花、燭火、醇酒、仕紳、淑女、軟語、輕笑、樂聲，交織成一幅悠閒怡人的小品。這裡也多的是第五街式的高級服飾店、餐飲業。茶座上悠閒半日，欣賞過往衣著入時的美女，不需酒即可入醉。

喬治城完全是紐約格林威治村的風格。城開不夜，遊人如織。這兒的酒吧、餐館、狄斯可，收費不昂而情調各具。如果你阮囊羞澀，只能在街頭漫步，那麼，琳瑯滿目的櫥窗，打扮怪異的行人，水準不差的街頭藝人，也足令你目不暇給，消磨掉一個晚上。

華府的高水準藝術活動，繽紛繁美，終年不斷。最出名的自然是甘迺迪中心各劇場演出。百老匯的歌劇，波士頓的交響樂團，倫敦的皇家芭蕾舞，使得華府人不必周遊各地就可以享受到世界上一流的藝術。

走筆至此，不禁想到，華府最可愛的地方，乃在於具有現代城市的一切優點，卻沒有嚴重的髒亂、治安、汙染等問題；有古城的典雅娟秀，卻不見其衰敗破落；有大都會的種種方便，卻不失小鎮的純樸清新。當然，華府也與世上所有的大城市一般，有風化區、貧民窟等等都市之瘤。然而，此地究竟是「天子」腳下，美國政府捨得花費大把銀子來裝點門面。而一般民眾也頗知自愛。儘管遊客熙來攘往，華府的街頭很少見到紙屑，新穎壯觀的地下鐵，也不見塗鴉亂畫。華府街上的垃圾箱上寫著：“Pride keeps our city clean。”的確，無非是一份民族自尊，使得首善之區的市容永遠光潔鮮麗。

華府也是個適合中國人居住的地方。中國城雖只有三、四條街的規模，但是在華人聚居的郊區維吉尼亞州、馬里蘭州，近年新開了不少的雜貨店，店面大而貨品齊全，省去了入城採購之勞。郊區的中餐館更如雨後春筍，從廣東點心、上海小吃、北方麵食到川湘辣味、新鮮海產，應有盡有，味美價廉。馬州臨海，向以螃蟹出名，馬州人自謂：“Maryland is for crabs”。華府城中靠波多馬克河有著名的河畔漁市 (Waterfront Seafood Market)，攤販林立，魚、蝦、蟹、鰻、螺、蚵、蛤，有本地產的，也有來自他州的，終日吸引如潮的人群，酷愛海鮮的華人自是其中主要顧客。這些漁販因而也學精了，懂得拿膏黃厚腴的母蟹來做樣品吸引華人。口腹飽足之外，大華府地區也提供了豐盛的精神慰藉。兩百多個各種性質的社團，令人各取所需，排遣了寄旅他鄉的寂寥。

且不說全美大大小小的政客打破了頭拼命往華府鑽，對於我們這些平凡小民而言，華府也實在是個居遊兩宜的城市呢！

城市山水畫

城市不是吟詠山水的所在；然而，在摩肩接踵的人群、鱗次櫛比的樓宇間，若有幾處園林景勝、山海風華，城市荒漠必因著綠洲的清風，而變得溫柔可人。走過大小城市，能讓我駐足瀏看，心懷漲滿對自然的讚嘆，當數華府、檀香山與舊金山。

以觀光客身分初履華府，是在來美四個月後。四個月中，我到過俄亥俄州的哥倫布、辛辛那提，更在紐約的幅員廣袤裡茫然迷失。這些城市公路網的密集、水泥叢林的巍峨，都讓我覺得焦慮煩躁。所以，當灰狗車駛進華府市中心，入目多是平房綠蔭，一顆浮蕩的心頓時安頓下來。後來有幸定居華府，說來不可思議，十八年來在這世界超強國度的權勢中心，我心竟恆常尋到祥和。

論古蹟的年代亙遠、建築的繁複精緻，華府難望西安、北京、羅馬眾古都之項背。但是，與眾古都今日的壅塞灰黯相比，華府的開闊青翠更予人天長地久的感動。當年美利堅開國群賢寬闊的胸襟、遠大的眼光，何止留於立國的憲法、政制中？今天華府街道、建築佈局，仍然可見篳路藍縷時代即有的恢宏規劃。據說法規禁止市內建築高過華盛頓紀念碑，華府市中心不見令人窒息的摩天大廈。陽光未被巨樓遮擋，遂自道旁兩排大樹的枝枒交錯間輕緩墜下，於一地濃蔭裡尋覓跳躍的間隙。陽光如此活潑，草地便也無顧忌地四處鋪陳，方方綠茵後聳立的聯邦大樓、博物館、紀念堂，因而出落得從容閒雅。樓高不過三、四層，然而巨石砌成，又是羅馬式的樑柱、雕飾，自有一種雍容大度。

寬街、闊樓、濃蔭、碧草，行走其間原就胸懷大開，及至見到華府眾水，更是俗慮盡滌。林肯紀念堂前的倒映池，傑佛遜紀念堂邊的潮汐湖、國會山莊下的噴水池，天光雲影共徘徊，是否為華府的名利中人不時提供幾許清涼？我更喜歡流經市區的波多馬克河。這一段既無上游大瀑布國家公園內的湍急流險，也不見中游的瘦骨嶙峋，至此水量豐沛而和緩壯闊，一路奔向海灣。它不正是人生行路的寫照？年輕時飛揚跋扈，窮理逼人，中年奔走衣食銷得人憔悴，晚年放寬心境、步調，舒悠中反見深厚。

在城裡上班的時候，下班必走沿河蜿蜒的喬治・華盛頓公園路。這條四線公路幽麗如園林。右側的波多馬克河時高時低，依角度變換展現不同風情。中間寬可併停兩車的隔離島，芳草萋萋，各式樹木錯落間別有情致。左側則是蓊鬱蒼碧的林子，小溪淙淙。一日的疲憊每於深淺綠意中輕輕卸去，卻也遺憾車來車往褻瀆了水木婉約。這樣的路，合當於馬蹄聲裡吟唱〈維也納森林〉一路賞玩下去。

如果說華府是座不設圍牆的大公園，檀香山就是一座錦繡斑斕的天堂花園。一九九二年八月，我們先已為夏威夷其他諸島脂粉未施的天生麗質勾去魂魄，帶著「五嶽歸來不看山」的意興闌珊，造訪這座居住了夏威夷百分之八十人口的稠密都會。不期望它有茂依諸島令人屏息的懸崖峭壁、崇山幽澗、碧海白沙，就怕車陣人潮俗豔了佳人姿色。不料，它卻以滿城的繁花茂樹予我驚喜照面。

從飛機場到市區各大旅館，檀香山的建築底層進口處大多不設玻璃門窗，坦蕩蕩地向外敞開。這種慷慨實源於夏威夷得天獨厚的自然恩寵。夏天不熱，冬天不冷，又無蚊子、蒼蠅擾人，大廈底樓因此有條件摒棄空調與門窗。夏威夷人更以一牆又一牆的綠藤、花卉炫耀大自然的富庶。其他大都會的摩天大廈，競以冰冷的現代雕塑妝點門面；唯有檀香山的眾樓，以活色生香的花樹藤蘿爭奇鬥豔。滿城飛花中，白領麗人耳畔插一朵，胸前掛一串，也就不顯突兀，更毋庸叮囑「去檀香山，別忘了頭上戴朵花」。歐洲人也喜歡栽花蒔草，但論及終年長豔與鋪天蓋地，則遠不及檀島。何況，頭頂天天天藍，放眼不是碧波拍岸，就是椰影婆娑，真令其他都會的子民羨妒交加。

華府的處處青草綠樹，檀香山的花色繽紛，是平和喜悅的風景；舊金山的自然態勢，則呈現動魄驚心的壯偉詭異。這山海交錯的混血兒，眉目凹凸有致，一見之下即使久居美東平疇千里的我也為之傾倒。到過的山城兼海港，無論基隆、義大利的蘇蘭多、那不勒斯，比起舊金山頓顯姿色泛泛。只有在舊金山，你可以一眼望到四段街 (four blocks) 外。因為，它們不是平面的鋪展，而是立體的架疊。當人仰起頭，朝天際放眼，看見斜坡上一層又一層的街道，兩旁佈滿民居，幾乎為人工與造化角力的壯烈愴然而涕下。飄霧的時辰，樓房於雲端若隱若現，一棟棟都成了高處不勝寒的瓊樓玉宇。

既與岡陵爭地，穿梭山街常覺逼仄難展，間不容身。妙的是，一個轉角卻視野大開，腳下的谷地佈滿密而小的房子，遠處的藍海直搗天邊，乾坤是如此的疏朗，人愈顯得滄海一粟般的渺小。尤其是站在金門大橋一端的山頂看長橋如虹，上與下俱是無垠無際的湛藍，人心感受的強烈震撼足可抖去一身的塵念，歸向天地的澄明。視野遼闊，舊金山人屢開風氣之先也就其來有自。六十年代嬉皮反戰、博愛、輕物質的理想，或許是舊金山天地鍾毓所化吧！

醫學上有種說法，常看綠意、遠處，可防眼睛近視。避免心靈閉塞，就當常接觸自然。不過，以陶淵明的「少無適俗韻，性本愛丘山」，尚且「誤落塵網中，一去三十年」，歸去來兮又豈是人人唱得？於是，一幅幅或空靈、或亮麗的城市山水畫，就成為終年棲遑囂塵的都會男女精神上的林泉歸憩處。

雅哉，布拉格

名城如花，各具妍姿麗色；但是論及品味的高雅清雋，布拉格當冠群芳。布拉格？沒錯！比富，它不及東京，沒有在藝術品市場上動輒締創天價收購紀錄的金主們；比新潮前衛，它不像紐約長領風騷；比文明的淵遠流長，古蹟的豐美雄偉，它更不及西安、雅典、羅馬；說到藝術之都，人家第一個想到的是巴黎；音樂之都，捨維也納其誰？甚至在湖光山色上也不如薩爾斯堡和瑞士諸城出落得秀麗絕塵。無論從地理、歷史、人口、面積各角度觀之都不能稱為世界之最的這個中歐城市，卻展現舉世難匹的高風雅韻，先得從它和落魄音樂家的一段知心情緣說起。

一七八七年，莫札特正值三十一歲的壯年，作品不僅源源問世，而且在格式和內涵上日趨成熟之巔峰。可是對於這位才氣縱橫的音樂家而言，人生行路似乎已到了盡頭。他在維也納待了六年，一直無法取得固定職位。教琴和開音樂會的收入微薄，妻子卻長年患病，孩子一個接一個降生，也一個接一個夭折，生活是以債養債的拮据困窘。另一方面，還得分神和妒忌排擠他不遺餘力的一班宮廷樂師周旋。譬如說吧，精心創作的歌劇《費加洛婚禮》自始即遭到小人在君王前不斷的誣衊，排演期間飽受陰謀詭計之氣，更差點讓莫札特毀掉曲譜。首演之日雖然采聲滿堂，安可不斷；可是，善變的維也納人旋即為其他的新劇吸引，以致《費》劇冷冷下場。

照舊生活在苦澀無望深淵裡的莫札特，一日卻從東方見到了曙光。波西米亞首府布拉格自《費加洛婚禮》上演以來，舉城瘋狂，大家迫切地想瞻仰作曲家的風采。於是莫札特親赴布城一睹盛況。他在寄回維也納的書信裡如此寫道：「人們隨著《費》劇樂章改編的舞曲翩然起舞。城中盡談《費加洛》，劇院僅演《費加洛》，街頭只聞傳唱吹哨《費加洛》，沒有其他的歌劇能像《費加洛》一樣吸引觀眾，每個角落，每件事，皆環繞著《費加洛》。對我而言實是至高無上的榮耀。」布拉格接著邀請莫札特再創作一齣歌劇。《唐喬凡尼》在風格上頗多大膽創新之處，然而，布拉格人完全了解莫札特所欲傳遞的訊息，給予莫札特同等熱烈的掌聲和擁抱。相對的，維也納人就被這齣悲喜劇搞得一頭霧水，而對其嗤之以鼻。布拉格人的玲瓏慧心讓莫札特在山窮水盡之際，欣然尋回自尊與希望。為了答謝知遇深情，莫札特特將一曲交響樂獻給布拉格。天才與古城因此造就一段相惜相敬的佳話。

爾後兩百年，人事嬗遞，國邦興亡。如今再回首這段淵源，格外令人感懷。通過歲月考驗，窮愁以終的莫札特，已然成為大師中的大師，流傳下來的六百多首旋律跨越一切種族隔閡，帶給普世眾生永恆的喜樂慰藉。《費加洛婚禮》和《唐喬凡尼》更被公認為歌劇裡的超級經典。一九九五年歲末，《華盛頓郵報》即選出《費》劇為千年來最偉大的音樂作品。緬懷莫札特當年棲棲遑遑於歐洲諸邦，巴黎、米蘭、慕尼黑、維也納……皆饗其以冷肩，唯有布拉格，慧眼獨具，始終以待罕世瑰寶的珍愛崇慕之心來禮遇莫札特，這是何等優雅高潔的品味！

且由品味的角度去觀照布拉格的興衰。它是中歐最古老的城市。十四世紀是波西米亞王國全盛時期，統轄領域以多瑙河為中心，北起波羅的海，南臨愛琴。不但國勢為中歐最強，教育、建築、藝術也蓬勃興發，為首都布拉格留下眾多莊嚴典雅的建築，更培養了布拉格人寬闊的視野，泱泱的胸懷，和高尚的品味。最難能可貴的是，這些美好的特質，並不因波西米亞王國的衰落而失散，反而伴著布拉格人一路走過歷史。蕞爾小邦迭遭異族蹂躪，布拉格先臣服於神聖羅馬帝國。獨立為捷克斯洛伐克共和國後，又成為納粹德國第一個兼併的國家。一九六八年更遭蘇聯坦克長驅直入，但是，無論政治局勢如何困頓艱苦，布拉格人的高雅品味始終讓他們活得昂揚可敬。

因著這般品味，他們不能忍受僵硬刻板的共產教條，專制獨裁的集權統治，而迸發了爭取民主自由的布拉格之春；因著這般品味，一旦時機成熟，他們毫無顧惜地推翻共黨政權；

因著這般品味，他們理性和平地回應國內斯洛伐克族的獨立訴求；因著這般品味，他們選出劇作家哈維爾為總統；因著這般品味，哈維爾多次為中華民國仗義執言；因著這般品味，他們走過戰亂歲月依然完整地保存著優美雍雅的市容；更因著這般品味，當其他的前共黨國家和中國大陸在長期壓抑物慾後，貪婪無饜地追逐金錢私利，布拉格人卻是淡泊貞靜守分自重一如往昔。因著這般品味，布拉格人富貴不淫，貧賤不移，威武不屈。

品味高下決定一個城市，乃至國家的生活素質。對於飽受環境汙染，政治紛擾，治安敗壞，庸俗文化之苦的現代人而言，布拉格令人悠然神往。

結廬在人境

生長於臺北盆地，只消登高三樓，舉眼抬睫間，遠山悠然入目；居家離新店溪十分鐘腳程，十五歲前，中正橋一帶的堤岸幾乎成為後花園，經常與友伴徜徉溪畔，泛舟其上。然而山水於我，似乎魅力闕如。大學四年，愛玩的學生各取所需，以不負「由你玩四年」(University)的戲謔。我們一票死黨對於郊遊、登山毫無興致，跳舞、觀戲、看電影則樂此不疲，大剌剌地自嘲為「都市動物」。

如今想來，臺北的山水不夠嫵媚當是罪魁。臺大的椰林道恢宏雄闊，總寬度相當於八線道的馬路，兩行大王椰筆直插天，旁側由杜鵑叢、山茶樹環繞的綠島終年青碧，行走其間，不由心曠神怡。只是視野拉遠，拋向椰林盡處，赫然見到的是灰墳點點的矮山。那次第，怎興慕山之情？

其實，與陶淵明「少無適俗韻」的恬淡秉性相比，我這「都市動物」雖然心染塵埃，「性本愛丘山」倒也是的，碰到好山好水的誘發，片時充塞胸臆，震撼不能自已。猶記高二暑假，與同學共遊名氣初起的溪頭林場。第一次見到溫帶林木，高秀挺拔，每一株都具國色天香的丰儀。連緜成林，攀向天際，更循山脈蔓延群嶺，大塊蒼莽中，人煙罕見，鳥聲婉轉益顯空靈清越。五年內兩度重遊舊地，林場外新添旅館多家，小吃店無數，遊覽車成群，儼然成為山上鬧市。可喜的是，林場內原色依舊，更嘗試新徑，於萬頃竹林中拾級而上，領略溪頭別樣風情。竹葉狹長疏朗，千竿萬竹交織出一天翠網，詩般的朦朧朧，纖靈靈，彷彿可以永永遠遠地罩住一場夢，一段回憶。細細回想，大學時代幾次南下，山岳縱橫的臺灣屢以端嚴林相令我驚豔，阿里山、中央山脈……只有離開都會，進入山域，方能體會當年葡萄牙人傾醉綠意婆娑，驚呼臺灣「好座美麗島」的喜悅。

來美後第四個月，於維吉尼亞首府瑞啟蒙表哥夫婦處小住數週。此城規模泛泛，但是郊區浸潤於一片林木蒼鬱中，因此眼界大開；原來，不必跋山越嶺，平地都會也可瀏覽群樹為美。自此眷戀森森林綠，發願長相左右。二十多年來，來回遷徙於大西洋岸各州，氣候雖非四季如春，平原地形也少丘巒起伏之美，然而郊區處處林木幽幽，家家綠樹亭亭，芳草萋萋，居平地而能享山林野趣，處都會邊緣而能賞田園清景，猶如置身天上人間。

每次物色新居，首要條件是屋後必須有林，目前的住家即是依偎於蓊鬱群樹間。春夏時光，窗窗綠意幽寂，一日中陽光由不同角度映照，為林色的深淺描繪多樣的層次。最愛的是陽光穿透林梢，灑下點點金圓，在一片墨綠中閃爍發光。秋風送爽季節，每一扇窗都成了駁雜斑斕的調色盤，但見酡紅點點、橙黃片片。冬日千葉落盡，枯枝殘枒糾結盤錯，也自有一番蕭瑟神韻；時而天降瑞雪，鋪覆樹枒，黑幹白雪輝映，如同一幅典雅的水墨，時而冰裹林枝，形成千萬條水晶棒，堆砌出童話般如夢如幻的琉璃世界。吾家四壁因此少見懸畫，縱是人間大師登峰手筆，又豈能及上造化揮灑的飄逸仙氣？窗簾也因此能免則免，頂多以白紗為幔，好讓天地諸色長驅直入。廚房有一塊空間朝外突出，宛如一介半島，三面臨海，綠波襲人。八扇大窗外加兩片玻璃門，框住院中深綠淺碧。十一年來，廚房內總有做不完的雜事。偶爾偷閒發呆，三面美景包圍下，庶幾近於迪斯奈樂園裡觀看三百六十度銀幕的「美哉！美利堅」，不由俗慮盡消，歡心禮讚自然文章的靈氣高渺。

平素厭惡羈絆，每日必將豢養的兔子放出鐵籠，任其院中亂跑一陣。綠草上，群樹間，奔躍的純白小兔猶如音符起伏，奏出視覺上的活潑曲調。沒想到家兔未必適宜野生，一日誤食毒草，奔入車房內氣絕，口角兀自掛著白涎。痛心反思，像我這樣不忍羈鳥籠兔的人，只宜欣賞野生動物，而屋後森林也不曾辜負所期。鹿群是常客，一夥從體形上可以猜出長幼之序。最近見到的一對幼鹿，只有狗兒高度，想來出生未久，跟在母親身後東張西望，對世界充滿了孺子好奇。雖然終年造訪不輟，每回見到這種馴柔優雅的動物款步後院，吾家大小總是奔走相告，立於窗前觀看。而我們的野生朋友，亦以純潔無辜，教人心疼的大眼回眸凝視。也曾見到小狐狸穿院而過，一身油亮紅豔的皮毛，全然貴婦風華。靈黠的松鼠、火般的紅雀、寶藍的青鳥，時時為後院捎來生趣。即便是那些鳴聲聒噪，外觀漆黑的鴉群，有時瞧牠們鬥鬧的憨態，也不覺莞爾。

綠蔭遮蔽炎陽，提供身體上的清涼；也濾去煩躁，予以心靈上的澄靜。李清照〈添字采桑子〉：「窗前種得芭蕉樹，蔭滿中庭，蔭滿中庭，葉葉心心，舒卷有餘情。」讀書、寫作、繪畫、撫琴，能有數抹清碧窗旁做伴，讓疲倦耳目不時優游歇息，人間清樂莫此為甚。夜來窗外墨黑，鳥啼止息。偶爾颳起狂風，呼嘯林梢，翻騰枝葉，一如濤聲澎湃，屋內的暈黃燈光顯得格外溫暖，依偎的人兒顯得格外貼心。只因為天地雖無垠，時光雖無盡，此時此刻，一席擋風遮雨之地，一段同屋共享之緣，誰知歷經前世多少年的福修靈煉，方得良緣若此？

的確，能夠於宇宙洪荒中尋得一方綠土安身立命，實當感天謝地。環繞太陽運轉的九大行星裡，比地球靠近太陽的金星溫度過高，比地球更遠的火星氣溫又過低，兩者皆不宜育化萬物。綠色地球怎不教我們疼愛珍惜？發展文明的同時，如何減低對綠色大地的戕害，當是地球子民必須正視的課題。

美國營造商為了建屋，每每大肆砍伐林木。然而新居的人們又於房屋前後、馬路兩旁植下眾多幼苗，幾年功夫竟高達數丈，開枝散葉，交錯銜接，不覺又繁衍成一片蔭綠。近年回臺北，驚見仁愛路、敦化南路兩列寬敞的綠色安全島，當初三、四株並排種下的樹苗高不及人腰，如今欣茂葳蕤，緜延成林，為寸土是金的臺北，平添園林深深深幾許的嫻雅韻致。雖然這兩條大道也是臺北交通最繁忙的通衢，因為林蔭廣袤，囂囂市聲也就柔柔墜下。結廬在人境，而無車馬喧，問君何能爾？心遠地自偏。何以心遠？唯有深幽綠意滌塵去俗。

日不落族

隨著帝國殖民主義的衰逝，日不落國已成昔日狂語。今天，哪一國的旗幟能夠二十四小時浸淫於麗日光輝中？然而卻有一種民族，落足地球的每一洲、國，在異邦他鄉，卑微而頑強地求生存。地球自轉一圈，陽光緩緩滑過，照耀他們的亮麗，也凸顯他們背後的辛酸。行走在異國的人群裡，我常被他們的面容吸引駐足回看。只因為，我們的先祖皆源於同樣的一片山川；只因為，自己也是萍飄經年，不免想問一聲：「朋友，你過得好嗎？」

巴黎黃玫瑰

她是我們初抵巴黎的一個驚喜，也是巴黎留給我們回憶中不可分割的一部分。在戴高樂機場，見到的導遊竟是一個黃膚黑髮的中國人，而這個旅遊團除了我們兩人，全都是歐洲後裔的老美。她了解法國的風土人情、歷史源流、思維脈絡嗎？她能將巴黎的千種風情，萬般姿色，在短短的三天裡向我們這群過客一一引介嗎？望著她的東方面孔，眾人心裡納悶著。

她以流利的英語、風趣的談吐、鉅細靡遺的掌故，很快化解眾人心中的疑慮。遊覽車穿梭於巴黎的車陣人潮裡，她談巴黎人；遊覽車依傍塞納河的波光瀲灩前行，她忙著指點兩岸的歲月痕跡。在餐館品嘗道地的法國美食，她則細說巴黎人的酸甜苦辣。

這樣的一個巴黎通，卻是來自馬來西亞的華人。「是的，我是中國人，你們瞧我的細眼睛，就是從小吃米飯造成的。」一車鬨笑中，我的心隱隱一抽，彷彿見到她笑靨後的無奈。出生於馬來西亞，於排華的年代遷來巴黎，在一個文化感驕傲到自大地步的國度討取生活，她對於未曾履足的祖國始終維持一份認同——「我是中國人！」是對母土的血緣眷戀，還是精神荒漠下的憧憬依歸？

「蘿絲（Rose）真好！」美國團友交相稱讚她的出色表現，殊不知敬業背後承擔多少壓力？她說：「為了起早接機，我必須調好鬧鐘。但仍常做噩夢，夢到自己睡過了頭，趕到機場已不見客人芳蹤。」送往迎來的日復一日，蘿絲以亮麗的自尊自強，在一團團的天涯過客腦海中，留下美好的炎黃胄裔形象。我每次想到巴黎，彷彿就見到微風中搖曳的黃玫瑰。

比鄰若天涯

行旅荒村野鎮，如有選擇，必上中國餐館果腹。倒不是生了頑強的中國胃，旅美多年早已能適應各國饌食，何況小地方的中餐館材料難得，做出的菜色泰半不倫不類。所以照顧中國餐館，乃是為了同是天涯飄泊人的一份情繫。

去國離鄉，誰不帶著一身無奈？落腳的城鎮不乏其他中國人家，則相濡以沫，猶可稍慰鄉思。若至偏遠地區棲身，成為鎮上唯一華人家庭，小地方的乏味不便，直可催人抓狂；況且地偏人閉塞，異族中討生活尤為艱困。因此特為光顧小鎮的中餐館，縱使不與店主交談半句，但願以一紙帳單獻上一份慰藉，一聲問候。

S鎮距美國某著名國家公園的西端出口數哩左右，一條街五分鐘可以走罷，佈滿民生所需。我們一群人從旅館出來，入目即是中餐館，而且是一雙，隔著兩線道的馬路遙相對望。對街的那家樓閣軒昂，中式的紅瓦雕柱巍然矗立於街前街後的一山蒼鬱裡，帶著《聊齋誌異》的詭豔。多年前與旅行團來此尋幽，曾經駐足彼處，這次懶得過街，就近走入門面毫不顯眼的另一家。

裡面擠滿了顧客，著實等了一會，女老闆笑容滿面將我們帶至另廂廳房，居然有一方小巧的舞池，上頭坐著黑人歌手，自彈自唱，一派怡然。原來這還是間小夜總會！一說開都是中國人，點菜、上菜之際，女老闆頻以鄉音垂詢客自何方來。待得我方杯盤狼藉，歌手歇下，餐館生意也漸清淡，她乾脆搬把椅子坐過來，準備一擺龍門陣。

典型的移民背景：在故土本是白領專業人士，因為避秦遠走他邦，迫於生計只能開餐館，多年來將獨子拉拔成長。我們不解的是：一介女流，何以落足如此偏遠的山鎮？三個鐘頭車程外的A埠，有規模龐大的唐人街，密集的華人群，不必說英語照樣縱橫全市。她說也不知怎的，陰錯陽差就來到這塊鳥不下蛋的僻鄉，來的時候獨子還是小學生，現在進入赫赫有名的貴族學府，留下她一個人竟也住慣了不想搬。然而，小鎮寂寥如古井，一年中倒有三分之一時期冰雪封山，公園關閉，三分之一時期是淡季，全年收入就靠夏天旺季平衡。生意清淡的時候，店照樣開著，她與員工整天看電視打發時間。她一逕笑著款款而言，寂寞無聲地盤結在眼底眉端。難怪看到我們這群同胞，雖然來自不同政權統轄下的土地，依然興奮不已。

「那麼，妳與對街中國餐館往來密切嗎？」

「沒有聯絡。只聽說那邊常常換老闆，目前經營的人也不過接手一年。」

一個遺世獨立於群山峻嶺間，人口不過百的小鎮，竟有兩間中國餐館隔街相對，本是何等守望相助的緣份。落足異鄉，彼此都是那麼孤單，為什麼卻老死不相往來呢？我嚥下疑問，想起山下無數華人圈的傾軋排擠，仇恨對立，竟不忍苛責眼前這位苦守偏鄉，將獨子一手帶大的堅毅女性。

行旅異國，我常為同胞們的身影、行止回首深思，我看見他們的吃苦耐勞、聰明卓越，也看見一旦成群必有分裂對立。是否這樣的民族性，以致中國也好，臺灣也罷，兩岸都不能容它底子民安身立命？是否這樣的民族性，以致在異國永遠孤軍奮戰，不能沛然成勢？做為日不落族，究竟是一種榮耀，還是一種詛咒？走在異國的土地上，我腳步因而沈沈……。

後記

張純瑛

在方言繁複如星的區域，譬如福建省，通常地形隔阻，不利交通。一座山的兩邊，住著老死不相往來的居民，各自說著小圈子的話語，自成一處迷你寰宇。對於這些一輩子不曾翻過山頭的人們而言，天地，不過巴掌兒大。至於受錮禮教，等閒不邁大門檻兒的舊式婦女，她們的世界比繡花針孔也實在大得有限。

今天的人們，面對的世界何其廣袤無垠，卻又可以朝發夕至。噴射機速度固然教古人瞠目結舌，電話、傳真機、電子郵件的瞬間傳遞聲像，更將蒼莽大地收放自如於手掌間。婦權運動的前波後浪，則將女子自禮教鬆綁，迎向開放人生。

然而，科技的飆發與觀念的解放，真的令天地寬廣，氣象恢宏嗎？為什麼每日展報，總為層出不窮的人間悲劇哀矜？當一個人懷抱玉石俱焚的憤恨自毀或毀人時，他眼中的世界必已走到了地球盡頭，再跋涉下去，唯有亙古的冰雪荒原，寒苦無言地鋪向天際。

地球卻是圓的。熬過無情荒地，總能見到有情藍天。人生之路千萬條，此徑不通，必有他方津渡，擺盪至良鄉美地。跳下千仞懸崖一了百斷，或游目四尋生路、退路，完全取決於一念之間。

經過三民書局編輯同仁的篩選，收在本書中的拙作，一脈延續了一個主題——情悟，天地寬。「情」字從廣角鏡透視，其實涵蓋了人際所有的牽繫。自己也很驚訝自一九八〇年代中期開始斷斷續續寫作，到一九九七年後筆耕較勤，多年來文風或有改變，思維卻隱然前後呼應。

輯一主要探討兩性的互動，但也不乏對女性間微妙情結的指陳。輯二思考自我心靈的提升與人際相處。輯三省度親子關係與教育制度。輯四則將關注投向山水自然。

無論是異性、同性間的應對，個人、團體的進退，父母、子女的相處，自我的掙扎、挑戰，或人與自然的共存，衝突勢所難免，對立必然發生。書中將種種對峙情況提出之餘，也試圖探討「退一步海闊天空」的可能性。管窺蠡見也許淺陋，或能讓明慧讀者另生領悟。

感謝簡宛女士向三民書局推薦拙作，並為本書寫序。在文壇早已享有盛名，簡宛提攜後進的風範格外雍容和煦。向來景仰余光中教授「右手寫詩，左手寫散文」的縱橫才情，因此素昧平生也厚顏寄上數篇拙文請為作序。余教授於教學、寫作百忙下竟然答應拔刀相助，迄今疑為夢幻。也感謝北美《世界日報》副刊主編田新彬女士提攜，書中共有三十六篇拙文曾經刊於《世副》，其中二十四篇為「每月話題」徵文作。因為田主編的提供發表園地與創作題目，才有我這文學小園丁的勤耕與致。《世界日報》民意論壇邱昭琪女士是另外一位經常予我鼓勵與靈感的主編，一併於此致謝。當然，家人對我寫作的支持，並且甘於忍受帶來的生活混亂，是我最為感念的對象。順帶一提的是書中談論青少年的案例來自普遍現象的觀察，未必出於自家子女的經驗，讀者請勿對號入座。

三民叢刊書目

①邁向已開發國家　孫　震著
②經濟發展啟示錄　于宗先著
③中國文學講話　王更生著
④紅樓夢新解　潘重規著
⑤紅樓夢新辨　潘重規著
⑥自由與權威　周陽山著
⑦勇往直前　石永貴著
　・傳播經營札記
⑧細微的一炷香　劉紹銘著
⑨文與情　琦　君著
⑩在我們的時代　周志文著
⑪中央社的故事（上）　周培敬著
　・民國二十一年至六十一年
⑫中央社的故事（下）　周培敬著
　・民國二十一年至六十一年
⑬梭羅與中國　陳長房著
⑭時代邊緣之聲　龔鵬程著
⑮紅學六十年　潘重規著
⑯解咒與立法　勞思光著
⑰對不起，借過一下　水　晶著
⑱解體分裂的年代　楊　渡著
⑲德國在那裏？（政治、經濟）　郭恆鈺、許琳菲等著
　・聯邦德國四十年
⑳德國在那裏？（文化、統一）　郭恆鈺、許琳菲等著
　・聯邦德國四十年
㉑浮生九四　蘇雪林著
　・雪林回憶錄
㉒海天集　莊信正著
㉓日本式心靈　李永熾著
　・文化與社會散論
㉔臺灣文學風貌　李瑞騰著
㉕干儛集　黃翰荻著

㉖作家與作品　謝冰瑩著
㉗冰瑩書信　謝冰瑩著
㉘冰瑩遊記　謝冰瑩著
㉙冰瑩憶往　謝冰瑩著
㉚冰瑩懷舊　謝冰瑩著
㉛與世界文壇對話　鄭樹森著
㉜捉狂下的興嘆　南方朔著
㉝猶記風吹水上鱗
・錢穆與現代中國學術　余英時著
㉞形象與言語
・西方現代藝術評論文集　李明明著
㉟紅學論集　潘重規著
㊱憂鬱與狂熱　孫瑋芒著
㊲黃昏過客　沙　究著
㊳帶詩蹺課去　徐望雲著
㊴走出銅像國　龔鵬程著
㊵伴我半世紀的那把琴　鄧昌國著
㊶深層思考與思考深層
・轉型期國際政治的觀察　劉必榮著
㊷瞬　間　周志文著

㊸兩岸迷宮遊戲　楊　渡著
㊹德國問題與歐洲秩序　彭滂沱著
㊺文學關懷　李瑞騰著
㊻未能忘情　劉紹銘著
㊼發展路上艱難多　孫　震著
㊽胡適叢論　周質平著
㊾水與水神
・中國的民俗與人文　王孝廉著
㊿由英雄的人到人的泯滅
・法國當代文學論集　金恆杰著
51重商主義的窘境　賴建誠著
52中國文化與現代變遷　余英時著
53橡溪雜拾　思　果著
54統一後的德國　郭恆鈺主編
55愛廬談文學　黃永武著
56南十字星座　呂大明著
57重疊的足跡　韓　秀著
58書鄉長短調　黃碧端著
59愛情・仇恨・政治
・漢姆雷特專論及其他　朱立民著

⑥⓪蝴蝶球傳奇　顏匯增著
・真實與虛構
⑥①文化啓示錄　南方朔著
⑥②日本這個國家　章　陸著
⑥③在沉寂與鼎沸之間　黃碧端著
⑥④民主與兩岸動向　余英時著
⑥⑤靈魂的按摩　劉紹銘著
⑥⑥迎向眾聲　向　陽著
・八〇年代臺灣文化情境觀察
⑥⑦蛻變中的臺灣經濟　于宗先著
⑥⑧從現代到當代　鄭樹森著
⑥⑨嚴肅的遊戲　楊錦郁著
・當代文藝訪談錄
⑦⓪甜鹹酸梅　向　明著
⑦①楓　香　黃國彬著
⑦②日本深層　齊　濤著
⑦③美麗的負荷　封德屏著
⑦④現代文明的隱者　周陽山著
⑦⑤煙火與噴泉　白　靈著

⑦⑥七十浮跡　項退結著
・生活體驗與思考
⑦⑦永恆的彩虹　小　民著
⑦⑧情繫一環　梁錫華著
⑦⑨遠山一抹　思　果著
⑧⓪尋找希望的星空　呂大明著
⑧①領養一株雲杉　黃文範著
⑧②浮世情懷　劉安諾著
⑧③天涯長青　趙淑俠著
⑧④文學札記　黃國彬著
⑧⑤訪草（第一卷）　陳冠學著
⑧⑥藍色的斷想　陳冠學著
・孤獨者隨想錄
⑧⑦追不回的永恆　彭　歌著
A・B・C全卷
⑧⑧紫水晶戒指　小　民著
⑧⑨心路的嬉逐　劉延湘著
⑨⓪情書外一章　韓　秀著
⑨①情到深處　簡　宛著
⑨②父女對話　陳冠學著

93 陳冲前傳　嚴歌苓著
94 面壁笑人類　祖 慰著
95 不老的詩心　夏鐵肩著
96 雲霧之國　合山 究著
97 北京城不是一天造成的　喜 樂著
98 兩城憶往　楊孔鑫著
99 詩情與俠骨　莊 因著
100 文化脈動　張 錯著
101 桑樹下　繆天華著
102 牛頓來訪　石家興著
103 深情回眸　鮑曉暉著
104 新詩補給站　渡 也著
105 鳳凰遊　李元洛著
106 文學人語　高大鵬著
107 養狗政治學　鄭赤琰著
108 烟 塵　姜 穆著
109 河 宴　鍾怡雯著
110 滬上春秋　章念馳著
111 愛廬談心事　黃永武著
112 吹不散的人影　高大鵬著
113 草鞋權貴　嚴歌苓著
114 是我們改變了世界　張 放著
115 夢裡有隻小小船　夏小舟著
116 狂歡與破碎　林幸謙著
117 哲學思考漫步　劉述先著
118 說 涼　水 晶著
119 紅樓鐘聲　王熙元著
120 寒冬聽天方夜譚　保 真著
121 儒林新誌　周質平著
122 流水無歸程　白 樺著
123 偷窺天國　劉紹銘著
124 倒淌河　嚴歌苓著
125 尋覓畫家步履　陳其茂著
126 古典與現實之間　杜正勝著
127 釣魚臺畔過客　彭 歌著
128 古典到現代　張 健著
129 帶鞍的鹿　虹 影著
130 人文之旅　葉海煙著

131 生肖與童年　小民著　喜樂圖
132 京都一年　林文月著
133 山水與古典　林文月著
134 冬天黃昏的風笛　呂大明著
135 心靈的花朵　戚宜君著
136 親　戚　韓　秀著
137 清詞選講　葉嘉瑩著
138 迦陵談詞　葉嘉瑩著
139 神　樹　鄭　義著
140 琦君說童年　琦　君著
141 域外知音　張堂錡著
142 遠方的戰爭　鄭寶娟著
143 留著記憶・留著光　陳其茂著
144 滾滾遼河　紀　剛著
145 王禎和的小說世界　高全之著
146 永恆與現在　劉述先著
147 東方・西方　夏小舟著
148 嗚咽海　程明琤著

149 沙發椅的聯想　梅　新著
150 資訊爆炸的落塵　徐佳士著
151 沙漠裡的狼　白　樺著
152 風信子女郎　虹　影著
153 塵沙掠影　馬　遜著
154 飄泊的雲　莊　因著
155 和泉式部日記　林文月譯・圖
156 愛的美麗與哀愁　夏小舟著
157 黑　月　樊小玉著
158 流香溪　季　仲著
159 史記評賞　賴漢屏著
160 文學靈魂的閱讀　張堂錡著
161 抒情時代　鄭寶娟著
162 九十九朵曇花　何修仁著
163 說故事的人　彭　歌著
164 日本原形　齊　濤著
165 從張愛玲到林懷民　高全之著
166 莎士比亞識字不多？　陳冠學著
167 情思・情絲　龔　華著

⑯⑧說吧，房間　林　白著
⑯⑨自由鳥　鄭　義著
⑰⓪魚川讀詩　梅　新著
⑰①好詩共欣賞　葉嘉瑩著
⑰②永不磨滅的愛　楊秋生著
⑰③晴空星月　馬　遜著
⑰④風　景　韓　秀著
⑰⑤談歷史　話教學　張　元著
⑰⑥兩極紀實　位夢華著
⑰⑦遙遠的歌　夏小舟著
⑰⑧時間的通道　簡　宛著
⑰⑨燃燒的眼睛　簡　宛著
⑱⓪月兒彎彎照美洲　李靜平著
⑱①愛廬談諺詩　黃永武著
⑱②劉真傳　黃守誠著
⑱③天涯縱橫　位夢華著
⑱④新詩論　許世旭著
⑱⑤天　讒　張　放著
⑱⑥綠野仙蹤與中國　賴建誠著
⑱⑦標題飆題　馬西屏著
⑱⑧詩與情　黃永武著
⑱⑨鹿　夢　康正果著
⑲⓪蝴蝶涅槃　海　男著
⑲①半洋隨筆　林培瑞著
⑲②沈從文的文學世界　王繼志　陳　龍著
⑲③送一朵花給您　簡　宛著
⑲④波西米亞樓　嚴歌苓著
⑲⑤化妝時代　陳家橋著
⑲⑥寶島曼波　李靜平著
⑲⑦只要我和你　夏小舟著
⑲⑧銀色的玻璃人　海　男著
⑲⑨小歷史　林富士著
⑳⓪再回首　鄭寶娟著
⑳①舊時月色　張堂錡著
⑳②進化神話第一部　陳冠學著
・駁達爾文《物種起源》

203
大話小說
莊因 著

作者以其亦莊亦諧的筆調，探觸華人世界的生活百態，這其中有憶往記遊、有典故，當然還有他所嗜好的飲食文化，綜觀全書，不時見他出入人群，議論時事，批評時弊，本著知識份子的良知良行，期待著中國人有「說大話而不臉紅的一天」。

204
人禍
彭道誠 著

太平天國起義是近代不容忽視的歷史事件，他們主張男女平等，要解百姓倒懸之苦。而戰無不勝勢如破竹的天朝，卻在攻下半壁江山後短短幾年由盛而衰，終為曾國藩所敗，何以有此劇變？讀者可從據史實改編的本書中發現端倪。

205
殘片
董懿娜 著

讀董懿娜的小說就像凝視一朵朵淒美的燭光。她筆下的女主人翁大都是敏感又聰明的人物，明明知道等待著她的是絕望，她還要希望。而她們的命運遭遇，會讓人覺得曾經在塵世間匆匆一瞥。本書就在作者獨特細緻的筆觸下，編排著夢一般的真實。

206
陽雀王國
白樺 著

中國施行共產主義，在政治、文化、生活作了種種革新，人民在一波波浪潮衝擊下，徘徊新舊之間。本書文字自然流暢，以一篇篇小說寫出時代轉變下豐富的眾生相，可喜、可憎、可愛的人生際遇，反應當時社會背景，讀之，令人動容。

207

懸崖之約

海男 著

「男人與女人在此約會中的故事，貫穿著一個幸運的結局和另一個戲劇的結局」。一個患腦癌的四十歲女子，她要在去天堂之前去訪問記憶中銘心刻骨的每一個朋友，也許是密友、情人、前夫，她的生活因為有了昨日的記憶，將展開一段不同的旅程。

208

神交者說

虹影 著

人的情感總是同時交雜著出現，很難只用喜悅、悲傷、恐懼等單純詞語完整表達。而本書作者細緻地記述回憶或現實的片段，藉以呈現許多情況下（如養父過世，或只是邂逅陌生人等）人複雜多變的感覺，使讀者能自然地了解書中的情境與人物的感受。

209

海天漫筆

莊因 著

或「拍案叫好」或「心有戚戚」或「捫心自思」，作者以其多年旅居海外經驗，與自身文化激盪的心得，發為一篇篇散文，不但將中華文化精萃發揚，亦介紹西方生活的真善美。且看「海」的那片「天」空下，作者浪「漫」的妙「筆」！

210

情悟，天地寬

張純瑛 著

本書乃集結作者旅居美國多年來的文章，娓娓細述遊子之情。其文字洗鍊，生動感人，處處展現羈旅之心與赤子之情。作者雖從事電腦業，但文章風格清新雋永。值得你我風簷展讀，再三品味，從中探索「情」之真諦！

211
誰家有女初養成
嚴歌苓 著

「巧巧覺得出了黃桷坪的自己，很快會變一個人的。對於一個新的巧巧，窩在山溝裡的黃桷坪和窩在黃桷坪的一切人和事，都不在話下。」踏出黃桷坪的巧巧會有怎樣的改變呢？如願的坐上流水線抑或是……

212
紙 銬
蕭 馬 著

紙銬，這樣再簡單不過的刑具，卻可以鎖住人的雙手，甚至鎖住人心，牢牢的，讓人難以掙脫更不敢掙脫。隨便揀一張紙，挖兩個窟窿，然後自己把手伸進去，老老實實地伸直了手，哪敢輕易動彈，碰上風吹雨淋，弄斷了紙銬，一個個都急成了哭相……

213
八千里路雲和月
莊 因 著

本書可分為兩大部分，雖然皆屬於記遊文字、同在大陸地區，時間，卻整整相隔了十八年。作者以其獨特的觀點、洗鍊的文筆，道出兩段旅程中的種種。從這些文章，我們可以看見一些故事，也可以看出一位經歷不凡的作家，擁有的不凡熱情。

214
拒絕與再造
沈 奇 著

新詩已死？現代人已不讀詩？對於這些現象，作者本著長年關注現代詩的研究，對現代詩有其深刻的體認，無論是理論的闡述或是兩岸詩壇的現況，甚至是詩作的分析，都有其獨特的見解。在他的帶領下，你將對現代詩的風貌，有全新的認識與感受。

215
冰河的超越
葉維廉　著

詩人在新生的冰河灣初次與壯麗的冰河群相遇，面對這無言獨化、宇宙偉大的運作，面對「雪疊著雪雪疊著雪疊著永不溶解的雪／緩緩地積壓著／冰晶冰層冰箔相連覆蓋九萬餘里」的景象，喜悅、震撼、思涉千載而激盪出澎湃磅礡的——冰河的超越。

216
庚辰雕龍
簡宗梧　著

基於寫作興趣就讀中文系，卻因教學職責的召喚，不得不放緩文學創作的腳步。本書作為政大簡宗梧教授創作成果的集結，不僅可讓讀者粗識簡教授於教學及研究著績外的創作成果，也將是記誌簡教授今後創作「臺灣賦」系列作品的一個始點。

217
莊因詩畫
莊因　著

因心儀進而仿效豐子愷漫畫令人會心的幽默與趣味，作者基於同樣對世間生命萬物寬厚博大的關注與愛心，以他罕為人知的「第三枝筆」，畫出現今生活於你我四周真實人物的喜怒哀樂，並附以詩文，為傳統的中國詩畫注入了全新的生命。

218
換了頭抑或換了身體
張德寧　著

換了頭抑或換了身體？當器官移植技術發達到可以更換整個身軀時，我們要擔心的是生理上的排斥或心理上的抗拒？該為人類創造的奇蹟喝采還是為扭曲了人的靈魂而付出代價？藉作者精心的布局與對人深刻的觀察，我們將探觸心裡未曾到達的角落。

219
黥首之後

朱暉 著

政治上成分的因素，他曾前後被抄三次家，父母也先後被送入囹圄和下放勞改。他嚐盡世間的殘酷悲涼，看透人性的醜陋自私，但外在的折磨越狠越兇，內裡的親情就越密越濃。人性中最陰暗齷齪的一面與最光明燦爛的一面，都在這裡。

220
生命風景

張堂錡 著

每個人的故事，如同璀璨的風景，綻放動人的面貌。透過作者富含情感的筆觸，引領出成功背後的奮鬥歷程。文中所提事物，與我們成長經驗如此貼近，讓人油然而生「心有戚戚焉」之感。他們見證歷史，也予我們許多值得省思與仿效的地方。

221
在綠茵與鳥鳴之間

鄭寶娟 著

不論是走訪歐洲歷史遺跡有感，或抒發旅法思鄉情懷，抑或中西文化激盪的心得，作者以其一貫獨特的思考與審美觀，發為數十篇散文，澄清的文字、犀利的文筆中，流露著一種靈秘的詩情與浪漫的氣氛，讓讀者在綠茵與鳥鳴之間享受有深度的文化饗宴。

國家圖書館出版品預行編目資料

情悟, 天地寬 ／ 張純瑛著 -- 初版. -- 臺北市：
三民, 民89
面； 公分. --（三民叢刊；210）
ISBN 957-14-3223-7（平裝）

857.7 88003989

網際網路位址 http://www.sanmin.com.tw

著作人 張純瑛
發行人 劉振強
著作財產權人 三民書局股份有限公司
臺北市復興北路三八六號
發行所 三民書局股份有限公司
地址/臺北市復興北路三八六號
電話/二五〇〇六六〇〇
郵撥/〇〇〇九九九八——五號
印刷所 三民書局股份有限公司
門市部 復北店/臺北市復興北路三八六號
重南店/臺北市重慶南路一段六十一號
初版一刷 中華民國八十九年十月
編 號 S 85553
基本定價 參元陸角
行政院新聞局登記證局版臺業字第〇二〇〇號

ISBN 957-14-3223-7（平裝）